U0037549

日文 擬聲・擬態語 輕鬆學

作者・插畫｜山本 峰規子

附MP3音檔
QR Code

笛藤出版

前言

大家以前國文課一定也都學過中文中的狀聲詞和狀態詞，例如「風聲颯颯」、「肚子餓得咕嚕咕嚕」、「亮晶晶」、「圓滾滾」等等，這些詞可以讓你的用語增添不少生動感。

而日語中也有這樣的用法，也就是所謂的「擬聲語」和「擬態語」，在漫畫和綜藝節目中很常出現。學習這些字可以讓你的日語聽起來生動又貼切、有趣又好理解，在閱讀或是跟日本朋友交談的時候也更能身歷其境喔！

擬聲語

利用諧音模擬大自然中的聲音、動物的叫聲、物品撞擊敲打聲。

例 嘩啦嘩啦，叮叮咚咚

擬態語

形容人的表情、事物的狀態等。

例 扭扭捏捏、黃澄澄

本書為讀者們整理出 500 多個日語中最常用到的擬聲、擬態語，清楚明瞭地分類與編排後，搭配可愛的示意插圖、生活感例句、以及由日籍老師錄製的 MP3，讓你不用硬背就可以記住，並且活用在日常生活中，即學即用！

翻開書，先看此頁的標題和下方的擬聲語、擬態語。

理解中文意思及用法，藉由漫畫輔助理解及記憶。

MP3音軌的編號，隨選隨聽。

人的聲音

05

咀嚼食物聲

つるつる
tsu.ru.tsu.ru
呼嚕呼嚕
＊吃麵時

そばをつるつるすする。
so.ba.o.tsu.ru.tsu.ru.su.su.ru
呼嚕呼嚕吃蕎麥麵。

對 50 音還不是很熟悉的話，可參考下方的羅馬拼音。

ずるずる
zu.ru.zu.ru
唏哩呼嚕
＊吃麵時

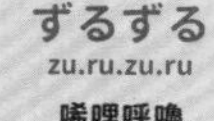

ラーメンをずるずる大きな音を立てて食べる。
ra.a.me.n.o.zu.ru.zu.ru.o.o.ki.na.o.to.o.ta.te.te.ta.be.ru
吃拉麵時大聲地發出唏哩呼嚕的聲音。

邊聆聽 MP3 邊跟著覆誦，練習正確的發音。

つるつる：指口感滑溜，表面有光澤的麵條，如烏龍麵等。
ずるずる：口感沒有「つるつる」來得滑順。除了麵條外還含有大量湯汁，多用來形容吃湯麵時的聲音。

重點整理。將容易混淆的類語，加以解析，學習正確用法。

請掃描左方 QRcode 或輸入連結收聽：

https://bit.ly/giongitaigo

◆日文發聲：當銘美菜
◆中文發聲：賴巧淩

目次

人的聲音

動物、昆蟲的叫聲

物品的聲音

自然界的聲音

人物擬態

自然界擬態

連連看

翻開本書之前，先小試一下身手吧！

わんわん

かーかー

にゃーにゃー

めーめー

こけこっこ

もーもー

ころころ

びーびー

第一章

擬音語（ぎおんご）
gi on go

擬聲語

がらがら

ぶんぶん

あちゃー
a.cha.a

喉呀

あちゃー、先生(せんせい)に提出(ていしゅつ)する宿題(しゅくだい)を忘(わす)れてしまった！

a.cha.a、se.n.se.i.ni.te.i.shu.tsu.su.ru.shu.ku.da.i.o.wa.su.re.te.shi.ma.t.ta

唉呀！忘了帶要交給老師的作業。

がびーん
ga.bi.i.n

嗄

類 がーん ga.a.n

あまりのショックにがびーん。

a.ma.ri.no.sho.k.ku.ni.ga.bi.i.n

因為過於驚訝「嗄！」地叫了出來。

うおー
u.o.o

唷咻

うおーと踏(ふ)ん張(ば)り、車(くるま)を一人(ひとり)で持(も)ち上(あ)げた。

u.o.o.to.fu.n.ba.ri.ku.ru.ma.o.hi.to.ri.de.mo.chi.a.ge.ta

唷咻一聲跨出馬步，獨自將車子抬了起來。

おぎゃー
o.gya.a
哇哇、呱呱
* 嬰兒哭聲

赤ちゃんがおぎゃーと生まれた。

a.ka.cha.n.ga.o.gya.a.to.u.ma.re.ta

嬰兒呱呱墜地。

ぎゃあぎゃあ
gya.a.gya.a
哇哇
* 小孩子大聲哭鬧

子供たちが喧嘩して、ぎゃあぎゃあ泣きわめている。

ko.do.mo.ta.chi.ga.ke.n.ka.shi.te、gya.a.gya.a.na.ki.wa.me.te.i.ru

小孩們吵架，哇哇地哭吼著。

びーびー
bi.i.bi.i
哇哇
* 令人感到不耐煩

泣き虫の妹はびーびー泣いてばかりいる。

na.ki.mu.shi.no.i.mo.o.to.wa.bi.i.bi.i.na.i.te.ba.ka.ri.i.ru

愛哭的妹妹不停地哇哇哭著。

02
吵鬧、喧嘩聲

がやがや
ga.ya.ga.ya
人聲鼎沸、七嘴八舌

有名人が来日して空港ががやがやと騒がしい。

yu.u.me.i.ji.n.ga.ra.i.ni.chi.shi.te.ku.u.ko.o.ga.ga.ya.ga.ya.to.sa.wa.ga.shi.i。

有名人士訪日，使得機場內人聲鼎沸。

ざわざわ
za.wa.za.wa
鬧哄哄
* 騷動聲

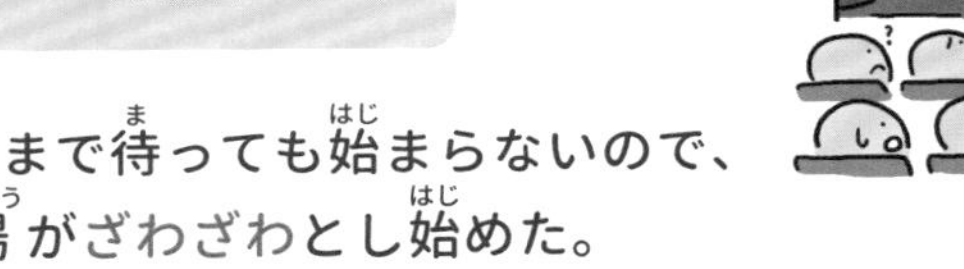

いつまで待っても始まらないので、
会場がざわざわとし始めた。

i.tsu.ma.de.ma.t.te.mo.ha.ji.ma.ra.na.i.no.de、
ka.i.jo.o.ga.za.wa.za.wa.to.shi.ha.ji.me.ta。

等了很久都還不開始，會場內開始鬧哄哄的。

きゃあきゃあ
kya.a.kya.a
尖叫聲
* 多指女性、小孩

芸能人はきゃあきゃあと騒がれるのに慣れている。

ge.i.no.o.ji.n.wa.kya.a.kya.a.to.sa.wa.ga.re.ru.no.ni.na.re.te.i.ru。

藝人對於粉絲的尖叫聲已經習以為常。

がはは
ga.ha.ha

哇哈哈

＊張大嘴笑

金持(かねも)ちが偉(えら)そうにがははと大声(おおごえ)で笑(わら)っている。

ka.ne.mo.chi.ga.e.ra.so.o.ni.ga.ha.ha.to.o.o.go.e.de.wa.ra.t.te.i.ru。

有錢人自以為了不起似的，哇哈哈地大笑著。

けたけた
ke.ta.ke.ta

吃吃

漫画(まんが)を読(よ)みながら、けたけたと笑(わら)い声(ごえ)をあげる。

ma.n.ga.o.yo.mi.na.ga.ra、ke.ta.ke.ta.to.wa.ra.i.go.e.o.a.ge.ru。

一邊看漫畫一邊吃吃地笑。

彼(かれ)の冗談(じょうだん)にぶっとビールを吹(ふ)き出(だ)した。

ka.re.no.jo.o.da.n.ni.bu.t.to.bi.i.ru.o.fu.ki.da.shi.ta。

因為他的笑話，「噗」地一聲啤酒從嘴裡噴了出來。

ころころ
ko.ro.ko.ro

咯咯

＊多指年輕女生的笑聲

彼女(かのじょ)はいつもころころと笑(わら)う。

ka.no.jo.wa.i.tsu.mo.ko.ro.ko.ro.to.wa.ra.u。

她經常咯咯地笑。

どっ
do

笑、喝采

＊眾人齊聲

彼(かれ)らの漫才(まんざい)で、観客(かんきゃく)がどっと笑(わら)った。

ka.re.ra.no.ma.n.za.i.de、ka.n.kya.ku.ga.do.t.to.wa.ra.t.ta。

在他們的相聲表演上，觀眾們哄堂大笑。

きゃっきゃっ
kya.k.kya

咯咯

＊多指女生、小孩的笑聲

赤(あ)ちゃんが「いないいないばぁ」できゃっきゃっと喜(よろ)んでいる。

a.ka.cha.n.ga「i.na.i.i.na.i.ba.a」de.kya.k.kya.t.to.yo.ro.ko.n.de.i.ru。

嬰兒因為鬼臉遊戲開心地發出咯咯的嘻笑聲。

類 くすっ
ku.su

くすり
ku.su.ri

くすくす
ku.su.ku.su

嗤嗤竊笑

回答を間違えて、クラスメートにくすくす笑われた。

ka.i.to.o.o.ma.chi.ga.e.te、ku.ra.su.me.e.to.ni.ku.su.ku.su.wa.ra.wa.re.ta。

因為答錯被同學嗤嗤竊笑。

類 うひひ
u.hi.hi

ひひひ
hi.hi.hi

嘻嘻嘻

＊讓人感到不愉快的笑聲

「ひひひ」と怪しく薄笑い。

「hi.hi.hi」to.a.ya.shi.ku.u.su.wa.ra.i。

「嘻嘻嘻」地露出詭異的微笑。

とほほ
to.ho.ho

苦笑聲

頑張ったのに結果に結びつかず、とほほと嘆く。

ga.n.ba.t.ta.no.ni.ke.k.ka.ni.mu.su.bi.tsu.ka.zu、to.ho.ho.to.na.ge.ku。

雖然盡力了，但結果還是不如預期，只能苦笑嘆息。

04

呼吸聲、喉嚨所發出的聲音

がらがら

ga.ra.ga.ra

咕嚕咕嚕

* 漱口聲

がらがらとうがいをする。

ga.ra.ga.ra.to.u.ga.i.o.su.ru。

咕嚕咕嚕地漱口。

ビールをごくごく飲(の)んでいる。

bi.i.ru.o.go.ku.go.ku.no.n.de.i.ru。

咕嚕咕嚕地喝著啤酒。

酒(さけ)に酔(よ)ってげーげーと吐(は)く。

sa.ke.ni.yo.t.te.ge.e.ge.e.to.ha.ku。

喝醉酒嘔嘔地吐得稀哩嘩啦。

類 ごほごほ
go.ho.go.ho

げほげほ
ge.ho.ge.ho
咳咳
* 用力咳嗽

彼女は喘息のため、よくげほげほと咳き込む。

ka.no.jo.wa.ze.n.so.ku.no.ta.me、yo.ku.ge.ho.ge.ho.to.se.ki.ko.mu。

她因為氣喘的緣故，經常咳咳地咳嗽。

類 こほこほ
ko.ho.ko.ho

こんこん
ko.n.ko.n
喀喀
* 輕聲咳嗽

子供が風邪を引いて、こんこんと咳き込む。

ko.do.mo.ga.ka.ze.o.hi.i.te、ko.n.ko.n.to.se.ki.ko.mu。

小朋友因為感冒，喀喀地咳嗽。

ごほん
go.ho.n
咳
* 用力的咳一聲

「ごほん」と咳払い。

「go.ho.n」to.se.ki.ba.ra.i。

「咳！」地咳了一聲。

ぐーぐー

gu.u.gu.u

呼嚕呼嚕

* 打呼聲

お父(とう)さんのいびきがぐーぐーとうるさい。

o.to.o.sa.n.no.i.bi.ki.ga.gu.u.gu.u.to.u.ru.sa.i。

爸爸的打呼聲，呼嚕呼嚕地很吵。

すーすー

su.u.su.u

呼呼

* 呼吸聲

遊(あそ)び疲(つか)れた子(こ)どもたちが、
すーすーと寝息(ねいき)を立(た)てて眠(ねむ)っている。

a.so.bi.tsu.ka.re.ta.ko.do.mo.ta.chi.ga、
su.u.su.u.to.ne.i.ki.o.ta.te.te.ne.mu.t.te.i.ru。

玩累的孩子們呼呼大睡著。

ぜーぜー

ze.e.ze.e

呼呼、呼嚕呼嚕

＊急促的呼吸聲

電車に走り込んで、ぜーぜー息をした。

de.n.sha.ni.ha.shi.ri.ko.n.de、ze.e.ze.e.i.ki.o.shi.ta。

趕電車趕得上氣不接下氣。

ひーひー

hi.i.hi.i

吁吁

＊呼吸困難

疲れてひーひー言う。

tsu.ka.re.te.hi.i.hi.i.i.u。

累得氣喘吁吁。

はくしょん

ha.ku.sho.n

哈啾

コンサートの最中「はくしょん！」と大きなくしゃみをしてしまった。

ko.n.sa.a.to.no.sa.i.chu.u.「ha.ku.sho.n ！」to.o.o.ki.na.ku.sha.mi.o.shi.te.shi.ma.t.ta。

演唱會正精采的時候，「哈啾！」打了個大噴嚏。

ふーっ

fu.u

呼

＊吹氣的聲音

ろうそくの火(ひ)をふーっと消(け)す。

ro.o.so.ku.no.hi.o.fu.u.t.to.ke.su。

「呼」地將蠟燭吹熄。

ふうふう

fu.u.fu.u

呼呼

＊吹氣的聲音

子(こ)どものためにラーメンをふうふう吹(ふ)き冷(さ)ます。

ko.do.mo.no.ta.me.ni.ra.a.me.n.o.fu.u.fu.u.fu.ki.sa.ma.su。

幫小朋友先將拉麵呼呼地吹涼。

ぶくぶく

bu.ku.bu.ku

噗噗、咕嘟咕嘟

＊冒泡的聲音

カニがぶくぶくと泡(あわ)をふく。

ka.ni.ga.bu.ku.bu.ku.to.a.wa.o.fu.ku。

螃蟹噗噗地吐泡沫。

がりがり
ga.ri.ga.ri
嘎吱嘎吱
* 用力咬碎硬物

歯（は）でがりがりと氷（こおり）をかじる。
ha.de.ga.ri.ga.ri.to.ko.o.ri.o.ka.ji.ru。
用牙齒嘎吱嘎吱地咬碎冰塊。

こりこり
ko.ri.ko.ri
喀吱喀吱
* 咬有彈性的食物時

たくあんをかじるとこりこりと音（おと）がする。
ta.ku.a.n.o.ka.ji.ru.to.ko.ri.ko.ri.to.o.to.ga.su.ru。
一咬醃漬蘿蔔，就會發出喀吱喀吱的聲音。

こりこり：常用來形容吃蠑螺、鮑魚、木耳等口感軟Q的食物。容易造成混淆的「ごりごり」則是指食物口感很硬，需要用力咬碎才能吞嚥。

ぎりぎり
gi.ri.gi.ri
咬緊牙齒的聲音

ぎりぎりと歯（は）ぎしりをする。
gi.ri.gi.ri.to.ha.gi.shi.ri.o.su.ru。
咬牙切齒。

ぎりぎり：也可形容睡覺時的磨牙聲。

つるつる

tsu.ru.tsu.ru

呼嚕呼嚕

* 吃麵時

そばをつるつるすする。

so.ba.o.tsu.ru.tsu.ru.su.su.ru

呼嚕呼嚕吃蕎麥麵。

ずるずる

zu.ru.zu.ru

唏哩呼嚕

* 吃麵時

ラーメンをずるずる大きな音を立てて食べる。

ra.a.me.n.o.zu.ru.zu.ru.o.o.ki.na.o.to.o.ta.te.te.ta.be.ru

吃拉麵時大聲地發出唏哩呼嚕的聲音。

つるつる：指口感滑溜，表面有光澤的麵條，如烏龍麵等。

ずるずる：口感沒有「つるつる」來得滑順。除了麵條外還含有大量湯汁，多用來形容吃湯麵時的聲音。

どしどし
do.shi.do.shi

碎碎

* 用力踏步聲

大柄(おおがら)の男(おとこ)がどしどし歩(ある)き回(まわ)る。

o.o.ga.ra.no.o.to.ko.ga.do.shi.do.shi.a.ru.ki.ma.wa.ru。

身材壯碩魁梧的男子「砰！砰！」地走來走去。

どしどし：也是擬態語，用法及意思請見 p.104。

どすんどすん
do.su.n.do.su.n

咚咚

象(ぞう)は歩(ある)くたびにどすんどすんと音(おと)を立(た)てる。

zo.o.wa.a.ru.ku.ta.bi.ni.do.su.n.do.su.n.to.o.to.o.ta.te.ru。

大象只要一走路就咚咚作響。

どすんどすん：用來形容體重重的人或動物的走路聲。

06

腳步聲

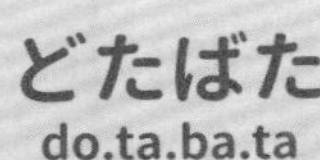

どたばた

do.ta.ba.ta

噠噠噠

* 跑來跑去

家(いえ)の中(なか)でどたばたするな！

i.e.no.na.ka.de.do.ta.ba.ta.su.ru.na ！

別在屋裡噠噠噠地跑來跑去。

ばたばた

ba.ta.ba.ta

啪噠啪噠

* 急促的腳步聲

廊下(ろうか)をばたばた走(はし)る。

ro.o.ka.o.ba.ta.ba.ta.ha.shi.ru。

在走廊上啪噠啪噠地跑。

ばたばた：也可形容振翅聲、敲打聲。

みしみし

mi.shi.mi.shi

嘎吱嘎吱

上(うえ)に住(す)んでいる人(ひと)が歩(ある)くたびに、天井(てんじょう)がみしみしときしむ。

u.e.ni.su.n.de.i.ru.hi.to.ga.a.ru.ku.ta.bi.ni、te.n.jo.o.ga.mi.shi.mi.shi.to.ki.shi.mu。

住在樓上的人一走路，天花板就會嘎吱嘎吱作響。

ぱちぱち
pa.chi.pa.chi
啪啪啪

ナイスプレーにぱちぱちと拍手喝采（はくしゅかっさい）。

na.i.su.pu.re.e.ni.pa.chi.pa.chi.to.ha.ku.shu.ka.s.sa.i。

對精彩的表演啪啪啪地拍手喝采。

ぱちん
pa.chi.n
啪

蚊（か）をぱちんと叩（たた）く。

ka.o.pa.chi.n.to.ta.ta.ku。

啪地一聲打蚊子。

ぱん
pa.n
啪

突然（とつぜん）ひらめいて、ぱんと手（て）を打（う）った。

to.tsu.ze.n.hi.ra.me.i.te、pa.n.to.te.o.u.t.ta。

突然靈光一閃，「啪！」地拍了手。

ぽん

po.n

啪

* 輕輕地拍打

肩(かた)をぽんと叩(たた)く。

ka.ta.o.po.n.to.ta.ta.ku。

啪地拍拍肩膀。

ぽかん

po.ka.n

砰

* 輕輕地敲打一下

先生(せんせい)にぽかんと一発(いっぱつ)殴(なぐ)られた。

se.n.se.i.ni.po.ka.n.to.i.p.pa.tsu.na.gu.ra.re.ta。

「砰」地被老師輕輕敲了一記。

ぽかぽか

po.ka.po.ka

劈哩啪啦

* 不停地敲打

顔(かお)をぽかぽか殴(なぐ)られる。

ka.o.o.po.ka.po.ka.na.gu.ra.re.ru。

臉被劈哩啪啦地狠狠揍了一頓。

ばしっ
ba.shi
啪
* 大力撞擊、撕裂聲

罰(ばつ)ゲームで頬(ほお)にビンタをばしっと食(く)らう。

ba.tsu.ge.e.mu.de.ho.o.ni.bi.n.ta.o.ba.shi.t.to.ku.ra.u。

因為懲罰遊戲，啪地一聲吃了一記耳光。

ぱたん
pa.ta.n
啪
* 闔書聲、重量較輕的物品

ぱたんと本(ほん)を閉(し)める。

pa.ta.n.to.ho.n.o.shi.me.ru。

將書本啪地一聲闔起來。

とんとん
to.n.to.n
叩叩
* 輕輕敲打

応接間(おうせつま)のドアをとんとんとノックする。

o.o.se.tsu.ma.no.do.a.o.to.n.to.n.to.no.k.ku.su.ru。

叩叩地敲會客室的門。

07

拍手、敲打聲

どんどん

do.n.do.n

咚咚

＊用力敲打

もう我慢(がまん)できないと、トイレのドアをどんどんと叩(たた)く。

mo.o.ga.ma.n.de.ki.na.i.to、to.i.re.no.do.a.o.do.n.do.n.to.ta.ta.ku。

已經無法忍耐了，咚咚地猛敲廁所的門。

ばたん

ba.ta.n

砰

＊用力關門

ドアをばたんと閉(し)める。

do.a.o.ba.ta.n.to.shi.me.ru。

將門砰地一聲關起來。

機内(きない)できーんと耳鳴(みみな)りがした。

ki.na.i.de.ki.i.n.to.mi.mi.na.ri.ga.shi.ta。

在機艙內，因為耳鳴耳朵內充斥著「嘰～」的尖銳刺耳聲。

じいん
ji.i.n
嗡嗡
* 連續劇烈振動的低音

大(おお)きな音(おと)を聞(き)いて、耳(みみ)の奥(おく)がじいんと鳴(な)る。

o.o.ki.na.o.to.o.ki.i.te、mi.mi.no.o.ku.ga.ji.i.n.to.na.ru。

聽到巨響後，耳朵裡嗡嗡作響。

鼻水(はなみず)が出(で)るので、ティッシュでちーんと鼻(はな)をかむ。

ha.na.mi.zu.ga.de.ru.no.de、ti.s.shu.de.chi.i.n.to.ha.na.o.ka.mu。

因為鼻水快流出來，用面紙「哼」地一聲擤鼻涕。

07

耳鼻、關節、肚子

ぽきぽき
po.ki.po.ki

喀嗒喀嗒

* 折細物

類 ぽっき
po.k.ki

男(おとこ)はよく指(ゆび)をぽきぽきと鳴(な)らす。

o.to.ko.wa.yo.ku.yu.bi.o.po.ki.po.ki.to.na.ra.su。

男人經常喀嗒喀嗒地折手指關節。

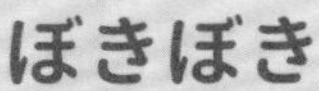

ぼきぼき
bo.ki.bo.ki

嘎嗒嘎嗒

* 折粗硬物

歩(ある)くたびに膝(ひざ)の関節(かんせつ)がぼきぼき鳴(な)る。

a.ru.ku.ta.bi.ni.hi.za.no.ka.n.se.tsu.ga.bo.ki.bo.ki.na.ru。

每當走路，膝蓋關節就會發出嘎嗒嘎嗒的聲音。

ぽきぽき：多用來形容連續折細物的聲音。如手指、樹枝…等。
類語的「ぽっき」是輕鬆折斷硬物時的聲音。日本江崎固力果公司所生產的「Pocky（百吉巧克力棒）」，就是將咬斷巧克力棒時的聲音（擬聲語）取為其商品名稱。

ぼきぼき：多用來形容折粗硬物的聲音。如：骨頭、關節、樹木…等。
例：象(ぞう)が鼻(はな)で木(き)をぼきぼきへし折(お)った。
大象用鼻子將樹木折斷。

おならをぷっと漏(も)らした。

o.na.ra.o.pu.t.to.mo.ra.shi.ta。

「噗！」地放了屁。

ごろごろ
go.ro.go.ro
咕嚕咕嚕
＊肚子發出的聲音

今日(きょう)は下痢気味(げりぎみ)でお腹(なか)がごろごろ言(い)う。

kyo.o.wa.ge.ri.gi.mi.de.o.na.ka.ga.go.ro.go.ro.i.u。

好像要拉肚子，今天肚子一直咕嚕咕嚕叫。

ごろごろ：既是擬聲語也是擬態語。擬態語的用法請見 p .99。
也常用來形容雷聲。

例：さっきから雷(かみなり)がごろごろ鳴(な)っていて怖(こわ)いです。
從剛剛就一直轟隆隆地打雷，好可怕。

ちゅんちゅん
chu.n.chu.n
啾啾

日本(にほん)はどこでもちゅんちゅんとすずめの鳴(な)き声(ごえ)が聞(き)こえる。

ni.ho.n.wa.do.ko.de.mo.chu.n.chu.n.to.su.zu.me.no.na.ki.go.e.ga.ki.ko.e.ru。

日本到處都聽得見麻雀啾啾叫的聲音。

ぴーひょろろ
pi.i.hyo.ro.ro
老鷹的叫聲

田舎(いなか)の空(そら)を鳶(とび)がぴーひょろろと鳴(な)きながら飛(と)んでいる。

i.na.ka.no.so.ra.o.to.bi.ga.pi.i.hyo.ro.ro.to.na.ki.na.ga.ra.to.n.de.i.ru。

老鷹一邊發出叫聲，一邊在鄉間的空中盤旋飛翔。

かーかー
ka.a.ka.a
嘎嘎
* 烏鴉的叫聲

からすが「かーかー」と鳴(な)く。

ka.ra.su.ga「ka.a.ka.a」to.na.ku。

烏鴉嘎嘎叫。

ほーほけきょ
ho.o.ho.ke.kyo

黃鶯的叫聲

うぐいすがほーほけきょと鳴(な)く声(こえ)を聞(き)くと、春(はる)を感(かん)じる。

u.gu.i.su.ga.ho.o.ho.ke.kyo.to.na.ku.ko.e.o.ki.ku.to、ha.ru.o.ka.n.ji.ru。

只要聽見黃鶯的叫聲，就感覺到春天的氣息。

ぴよぴよ
pi.yo.pi.yo

啁啾

＊小雞的叫聲

ひよこがぴよぴよと鳴(な)く。

hi.yo.ko.ga.pi.yo.pi.yo.to.na.ku。

小雞啁啾地叫。

こけこっこー
ko.ke.ko.k.ko.o

咕咕咕

＊雞的啼叫聲

にわとりがこけこっこーと鳴(な)いて朝(あさ)を知(し)らせる。

ni.wa.to.ri.ga.ko.ke.ko.k.ko.o.to.na.i.te.a.sa.o.shi.ra.se.ru。

公雞「咕咕咕」地啼叫著，告知早晨的到來。

10

動物的叫聲

わんわん

wa.n.wa.n

汪汪

* 日本人常用わんちゃん來稱呼狗

犬(いぬ)がわんわん吠(ほ)えている。

i.nu.ga.wa.n.wa.n.ho.e.te.i.ru。

狗汪汪地吠叫著。

もーもー

mo.o.mo.o

哞哞

牛(うし)がもーもー鳴(な)く。

u.shi.ga.mo.o.mo.o.na.ku。

牛哞哞叫。

ひひーん

hi.hi.i.n

嘶嘶

牧場(ぼくじょう)で馬(うま)がひひーんといなないた。

bo.ku.jo.o.de.u.ma.ga.hi.hi.i.n.to.i.na.na.i.ta。

馬兒在牧場裡高聲嘶叫著。

にゃーにゃー
nya.a.nya.a
喵喵

類 にゃんにゃん
nya.n.nya.n

猫(ねこ)がにゃーにゃー鳴(な)いている。

ne.ko.ga.nya.a.nya.a.na.i.te.i.ru。

貓咪喵喵地叫著。

めーめー
me.e.me.e
咩咩

羊(ひつじ)がめーめー鳴(な)く。

hi.tsu.ji.ga.me.e.me.e.na.ku。

羊咩咩叫。

10

動物的叫聲

ちゅーちゅー
chu.u.chu.u

吱吱

ねずみがちゅーちゅー鳴くのを聞いて、母がキャーと叫ぶ。

ne.zu.mi.ga.chu.u.chu.u.na.ku.no.o.ki.i.te、ha.ha.ga.kya.a.to.sa.ke.bu。

聽見老鼠吱吱的叫聲，媽媽大聲地尖叫。

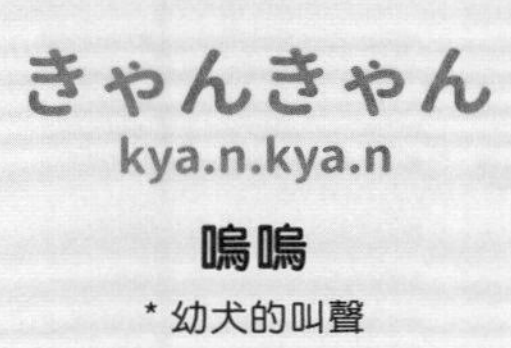

きゃんきゃん
kya.n.kya.n

嗚嗚

* 幼犬的叫聲

小犬がきゃんきゃん言いながらじゃれついてくる。

ko.i.nu.ga.kya.n.kya.n.i.i.na.ga.ra.ja.re.tsu.i.te.ku.ru。

小狗一邊嗚嗚地叫著一邊嬉戲撒嬌。

くんくん
ku.n.ku.n

哼哼

犬がくんくん鳴いている。

i.nu.ga.ku.n.ku.n.na.i.te.i.ru。

狗哼哼地叫著。

みんみん
mi.n.mi.n
唧唧
* 蟬的鳴叫聲

夏(なつ)の昼下(ひるさ)がり、蝉(せみ)がみんみんうるさく鳴(な)いている。

na.tsu.no.hi.ru.sa.ga.ri、se.mi.ga.mi.n.mi.n.u.ru.sa.ku.na.i.te.i.ru。

夏季的午後，蟬唧唧地嘈雜鳴叫著。

ちんちろりん
chi.n.chi.ro.ri.n
錚錚
* 金琵琶的鳴叫聲

草(くさ)むらからちんちろりんとマツムシの声(こえ)がする。

ku.sa.mu.ra.ka.ra.chi.n.chi.ro.ri.n.to.ma.tsu.mu.shi.no.ko.e.ga.su.ru。

從草叢裡傳出金琵琶錚錚的叫聲。

ぶんぶん
bu.n.bu.n
嗡嗡嗡
* 昆蟲振翅聲

蜂(はち)がぶんぶん飛(と)んでいる。

ha.chi.ga.bu.n.bu.n.to.n.de.i.ru。

蜜蜂嗡嗡嗡地飛著。

がーがー

ga.a.ga.a

沙沙

* 喇叭等機械的雜音

ラジオの調子(ちょうし)が悪(わる)くてがーがーという雑音(ざつおん)しか出(で)ない。

ra.ji.o.no.cho.o.shi.ga.wa.ru.ku.te.ga.a.ga.a.to.i.u.za.tsu.o.n.shi.ka.de.na.i。

收音機怪怪的，一直發出沙沙的雜音。

ごーごー

go.o.go.o

轟隆轟隆

換気扇(かんきせん)の音(おと)がごーごーとうるさい。

ka.n.ki.se.n.no.o.to.ga.go.o.go.o.to.u.ru.sa.i。

抽風機的聲音轟隆轟隆作響，很吵。

ばん

ba.n

砰

* 槍聲

ヤクザの事務所(じむしょ)からばんという銃声(じゅうせい)が聞(き)こえた。

ya.ku.za.no.ji.mu.sho.ka.ra.ba.n.to.i.u.ju.u.se.i.ga.ki.ko.e.ta。

從黑道事務所內傳出「砰」一聲槍聲。

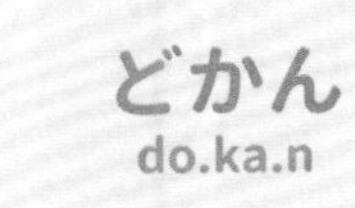

どかん

do.ka.n

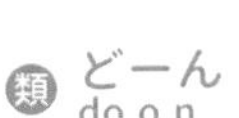

類 どーん do.o.n

砰

* 大砲發射、爆炸聲

大砲(たいほう)をどかんと一発(いっぱつ)ぶちかます。

ta.i.ho.o.o.do.ka.n.to.i.p.pa.tsu.bu.chi.ka.ma.su。

大砲砰地一聲給對方狠狠的一擊。

類 かさこそ
ka.sa.ko.so

がさごそ
ga.sa.go.so

窸窸窣窣

財布(さいふ)を出(だ)そうと、かばんの中(なか)をがさごそ探(さぐ)る。

sa.i.fu.o.da.so.o.to、ka.ba.n.no.na.ka.o.ga.sa.go.so.sa.gu.ru。

窸窸窣窣地找著包包裡的錢包。

がさがさ
ga.sa.ga.sa

沙沙

倉庫(そうこ)で何(なに)をがさがさ捜(さが)しているの？

so.o.ko.de.na.ni.o.ga.sa.ga.sa.sa.ga.shi.te.i.ru.no?

你在倉庫裡沙沙作響地在找什麼？

きーきー
ki.i.ki.i

嘰嘰

* 硬物摩擦聲，聲音尖銳

金物(かなもの)がこすれてきーきー鳴(な)る。

ka.na.mo.no.ga.ko.su.re.te.ki.i.ki.i.na.ru。

金屬物品相互摩擦，發出嘰嘰的尖銳刺耳聲。

♫13

物品摩擦聲

ぎーぎー

gi.i.gi.i

嘎吱嘎吱

古いドアが風で吹かれてぎーぎー鳴る。

fu.ru.i.do.a.ga.ka.ze.de.fu.ka.re.te.gi.i.gi.i.na.ru。

老舊的門被風吹動，發出嘎吱嘎吱的聲音。

きしきし

ki.shi.ki.shi

軋軋

類 ぎしぎし gi.shi.gi.shi

風が強くて窓がきしきしと音を立てる。

ka.ze.ga.tsu.yo.ku.te.ma.do.ga.ki.shi.ki.shi.to.o.to.o.ta.te.ru。

窗戶被強風吹得軋軋作響。

きゅっきゅっ

kyu.k.kyu

吱吱

窓ガラスをきゅっきゅっと磨く。

ma.do.ga.ra.su.o.kyu.k.kyu.t.to.mi.ga.ku。

將窗戶的玻璃擦得吱吱作響。

きりり
ki.ri.ri

咻咻

＊旋轉的聲音

ワインのコルクをきりりと開(あ)ける。

wa.i.n.no.ko.ru.ku.o.ki.ri.ri.to.a.ke.ru。

咻咻地轉開葡萄酒的軟木塞。

ぴんぴん
pi.n.pi.n

聲音響亮尖銳

弦(げん)をぴんぴんはじく。

ge.n.o.pi.n.pi.n.ha.ji.ku。

撥弄琴弦，聲音清脆響亮。

くしゃくしゃ
ku.sha.ku.sha

沙沙

＊揉紙聲

類 くしゃっ ku.sha

紙(かみ)をくしゃくしゃと丸(まる)めて捨(す)てる。

ka.mi.o.ku.sha.ku.sha.to.ma.ru.me.te.su.te.ru。

將紙張沙沙地揉成一團丟掉。

ぺらぺら
pe.ra.pe.ra

啪啦啪啦

＊翻頁

ノートをぺらぺらめくる。

no.o.to.o.pe.ra.pe.ra.me.ku.ru。

啪啦啪啦地翻著書本內頁。

ごしごし

go.shi.go.shi

刷刷

＊用力刷、擦

汚れた鍋をたわしでごしごしすり洗いする。

yo.go.re.ta.na.be.o.ta.wa.shi.de.go.shi.go.shi.su.ri.a.ra.i.su.ru。

用鬃刷用力刷刷地刷洗髒鍋子。

しゃかしゃか

sha.ka.sha.ka

沙沙

ナイロンの布がこすれてしゃかしゃかと音がする。

na.i.ro.n.no.nu.no.ga.ko.su.re.te.sha.ka.sha.ka.to.o.to.ga.su.ru。

尼龍的布料摩擦時會發出沙沙的聲音。

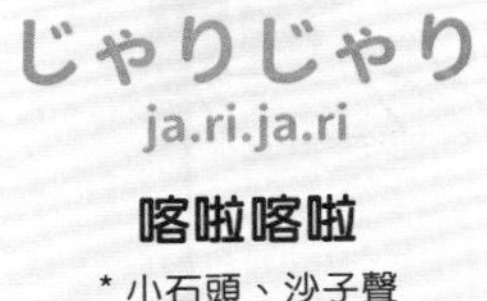

じゃりじゃり

ja.ri.ja.ri

喀啦喀啦

＊小石頭、沙子聲

神社の道は小石が敷き詰められていて、
歩けばじゃりじゃりと音がする。

ji.n.ja.no.mi.chi.wa.ko.i.shi.ga.shi.ki.tsu.me.ra.re.te.i.te、
a.ru.ke.ba.ja.ri.ja.ri.to.o.to.ga.su.ru。

神社的步道鋪著滿滿的小石子，一走在上面就會發出喀啦喀啦的聲響。

寒(さむ)さで歯(は)ががちがち鳴(な)った。

sa.mu.sa.de.ha.ga.ga.chi.ga.chi.na.t.ta。

冷得牙齒喀嗒喀嗒作響。

ぎこぎこ

gi.ko.gi.ko

嘰嘎嘰嘎

のこぎりで木(き)をぎこぎこと切(き)る。

no.ko.gi.ri.de.ki.o.gi.ko.gi.ko.to.ki.ru。

用鋸子嘰嘎嘰嘎地鋸木頭。

ばりばり

ba.ri.ba.ri

喀吱喀吱

* 抓、撕破物品的聲音

猫(ねこ)がばりばりと畳(たたみ)を引(ひ)っかく。

ne.ko.ga.ba.ri.ba.ri.to.ta.ta.mi.o.hi.k.ka.ku。

貓咪把榻榻米抓得喀吱喀吱作響。

がしゃがしゃ
ga.sha.ga.sha

噹啷噹啷

* 東西碰撞的聲音

箱(はこ)を振(ふ)るとがしゃがしゃと音(おと)が聞(き)こえる。

ha.ko.o.fu.ru.to.ga.sha.ga.sha.to.o.to.ga.ki.ko.e.ru。

搖一搖箱子，聽見噹啷噹啷的聲音。

かたかた
ka.ta.ka.ta

類 かたこと ka.ta.ko.to

卡嗒卡嗒

ビデオテープが再生機(さいせいき)の中(なか)で引(ひ)っかかって、かたかたと異常(いじょう)な音(おと)がする。

bi.de.o.te.e.pu.ga.sa.i.se.i.ki.no.na.ka.de.hi.k.ka.ka.t.te、ka.ta.ka.ta.to.i.jo.o.na.o.to.ga.su.ru。

錄影帶卡在機器裡發出卡嗒卡嗒的奇怪聲響。

かちかち
ka.chi.ka.chi

喀喀

* 硬物相碰聲

シャーペンをかちかちノックして芯(しん)を出(だ)す。

sha.a.pe.n.o.ka.chi.ka.chi.no.k.ku.shi.te.shi.n.o.da.su。

上下喀喀地搖動自動鉛筆，讓筆芯跑出來。

かちかち：也可形容掛鐘「滴滴答答」的聲音。

★ シャーペン（口語）＝シャープペンシル

かちゃ
ka.cha

喀嚓

キーを回(まわ)すとかちゃという音(おと)とともに鍵(かぎ)が開(あ)いた。

ki.i.o.ma.wa.su.to.ka.cha.to.i.u.o.to.to.to.mo.ni.ka.gi.ga.a.i.ta。

鑰匙一轉，隨著咔嚓一聲鎖就開了。

がちゃん
ga.cha.n

喀嚓

＊將話筒用力放下

受話器(じゅわき)をがちゃんと置(お)く。

ju.wa.ki.o.ga.cha.n.to.o.ku。

喀嚓一聲掛上電話。

かちん
ka.chi.n

鏘

ふたりはかちんとグラスを合(あ)わせた。

fu.ta.ri.wa.ka.chi.n.to.gu.ra.su.o.a.wa.se.ta。

兩人「鏘」地一聲乾杯。

かっ
ka

叩

＊硬物相碰時的短促聲響

ボールがかっとバットに当(あ)たった。

bo.o.ru.ga.ka.t.to.ba.t.to.ni.a.ta.t.ta。

球棒「叩」地一聲擊中球。

がっ
ga

軋

＊重物或尖銳物大力碰撞

車(くるま)が溝(みぞ)にがっとはまる。

ku.ru.ma.ga.mi.zo.ni.ga.t.to.ha.ma.ru。

車子軋地一聲陷進水溝裡。

かつかつ
ka.tsu.ka.tsu

叩叩叩

＊硬物連續互碰撞

ハイヒールを履(は)いた女性(じょせい)がかつかつ歩(ある)いてきた。

ha.i.hi.i.ru.o.ha.i.ta.jo.se.i.ga.ka.tsu.ka.tsu.a.ru.i.te.ki.ta。

穿著高跟鞋的女人叩叩叩地走過來。

窓ガラスをこつこつと叩く音が聞こえる。

ma.do.ga.ra.su.o.ko.tsu.ko.tsu.to.ta.ta.ku.o.to.ga.ki.ko.e.ru。

聽見從玻璃窗傳來叩叩的聲音。

がつん

ga.tsu.n

咚

＊撞擊硬物

頭を柱にがつんとぶつけた。

a.ta.ma.o.ha.shi.ra.ni.ga.tsu.n.to.bu.tsu.ke.ta。

頭「咚」的一聲撞上柱子。

からから

ka.ra.ka.ra

喀噠喀噠

空き缶がからからと転がっていった。

a.ki.ka.n.ga.ka.ra.ka.ra.to.ko.ro.ga.t.te.i.t.ta。

空罐喀噠喀噠地滾下去了。

からから：形容金屬或木製物品碰撞時清脆的撞擊聲。

がらっ

ga.ra

嘎啦

類 がらがら
ga.ra.ga.ra

がらっと引(ひ)き戸(ど)を開(あ)ける。

ga.ra.t.to.hi.ki.do.o.a.ke.ru。

嘎啦一聲拉開拉門。

ぐしゃっ

gu.sha

啪

＊壓碎

類 ぐしゃり
gu.sha.ri

玉子(たまご)を踏(ふ)んでぐしゃっとつぶしてしまった。

ta.ma.go.o.fu.n.de.gu.sha.t.to.tsu.bu.shi.te.shi.ma.t.ta。

啪地一聲，不小心踩破了雞蛋。

ごつん

go.tsu.n

碰

＊撞擊重物，聲音低沈

転(ころ)んで頭(あたま)を道路(どうろ)にごつんとぶつけた。

ko.ro.n.de.a.ta.ma.o.do.o.ro.ni.go.tsu.n.to.bu.tsu.ke.ta。

不小心跌倒，頭碰的一聲撞到地上。

ざらざら

za.ra.za.ra

嘩啦嘩啦

* 顆粒物大量掉落

上から砂がざらざら落ちてきた。

u.e.ka.ra.su.na.ga.za.ra.za.ra.o.chi.te.ki.ta。

沙子從上面嘩啦嘩啦地灑落。

ざらざら：形容沙子、砂糖、鹽、米等大量落下的聲音。

類 かたん ka.ta.n

がたん

ga.ta.n

砰

* 硬物掉落

椅子を後ろにがたんと倒してしまった。

i.su.o.u.shi.ro.ni.ga.ta.n.to.ta.o.shi.te.shi.ma.t.ta。

不小心將椅子往後砰地一聲弄倒了。

類 どさり do.sa.ri

どさっ

do.sa

碰

大きな荷物をどさっと下ろす。

o.o.ki.na.ni.mo.tsu.o.do.sa.t.to.o.ro.su。

將大型貨物碰地一聲重重卸下。

14

物品撞擊、掉落聲

どかっ

do.ka

碰

* 用力坐下

大柄なおばさんがどかっと腰を下ろした。

o.o.ga.ra.na.o.ba.sa.n.ga.do.ka.t.to.ko.shi.o.o.ro.shi.ta。

塊頭很大的大嬸碰地一聲坐了下來。

どかっ：也可形容重物瞬間掉落時的聲音。

どん

do.n

咚

台から飛び降りてどんと着地。

da.i.ka.ra.to.bi.o.ri.te.do.n.to.cha.ku.chi。

從跳箱上跳下來，咚地一聲著地。

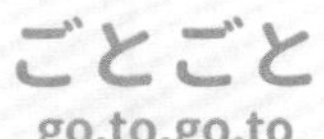

ごとごと

go.to.go.to

匡當匡當

* 又硬又重的物品連續碰撞

地震でテーブルがごとごとと音を立てながら揺れている。

ji.shi.n.de.te.e.bu.ru.ga.go.to.go.to.to.o.to.o.ta.te.na.ga.ra.yu.re.te.i.ru。

因為地震，桌子匡當匡當作響地搖晃著。

じゃらじゃら
ja.ra.ja.ra

叮叮咚咚

* 小石頭、硬幣等硬物相碰撞

ネックレスやイヤリングをじゃらじゃら着（つ）けて歩（ある）く。

ne.k.ku.re.su.ya.i.ya.ri.n.gu.o.ja.ra.ja.ra.tsu.ke.te.a.ru.ku。

身上叮叮咚咚戴了項鍊和耳環之類的走路。

ちゃらちゃら
cha.ra.cha.ra

叮叮噹噹

* 硬幣、鈴噹等金屬物相碰撞

ポケットの中（なか）の小銭（こぜに）が、歩（ある）くたびにちゃらちゃらと音（おと）を立（た）てる。

po.ke.t.to.no.na.ka.no.ko.ze.ni.ga、a.ru.ku.ta.bi.ni.cha.ra.cha.ra.to.o.to.o.ta.te.ru。

口袋裡的零錢走路的時候會叮叮噹噹地響。

じゃらじゃら：形容零錢、小石頭等又重又堅硬的物品，互相撞擊時所發出的聲響。數量較多。

ちゃらちゃら：比「じゃらじゃら」的重量來的輕，數量也較少。

かんかん

ka.n.ka.n

類 がんがん ga.n.ga.n

噹噹

* 連續敲打金屬物

踏切(ふみきり)がかんかんと鳴(な)り始(はじ)めた。

fu.mi.ki.ri.ga.ka.n.ka.n.to.na.ri.ha.ji.me.ta。

平交道開始噹噹作響。

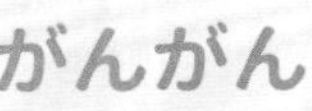

がんがん

ga.n.ga.n

鏗鏗鏘鏘

* 連續敲打金屬物

ドラム缶(かん)をがんがん叩(たた)く。

do.ra.mu.ka.n.o.ga.n.ga.n.ta.ta.ku。

鏗鏗鏘鏘地敲打油桶。

がんがん 和 **かんかん** 都是用來形容敲打金屬的聲音。差別在於「かんかん」的聲音較尖銳響亮，「がんがん」則較低沉。

ごーん

go.o.n

咚～

* 低沉的長音

除夜(じょや)の鐘(かね)がごーんと鳴(な)ると厳(おごそ)かな気分(きぶん)になる。

jo.ya.no.ka.ne.ga.go.o.n.to.na.ru.to.o.go.so.ka.na.ki.bu.n.ni.na.ru。

除夕夜的鐘聲咚～地一響，令人感受到莊嚴的氣氛。

じゃんじゃん

ja.n.ja.n

鏘鏘、噹噹

* 用力敲撞金屬物

鈴(すず)をじゃんじゃんと鳴(な)らしてお参(まい)りする。

su.zu.o.ja.n.ja.n.to.na.ra.shi.te.o.ma.i.ri.su.ru。

把鈴噹敲得噹噹地響後參拜。

ちりん

chi.ri.n

叮鈴叮鈴

* 鈴噹等金屬物的清脆聲響

風鈴(ふうりん)がちりんと鳴(な)ると、涼(すず)しげな夏(なつ)の風情(ふぜい)を感(かん)じる。

fu.u.ri.n.ga.chi.ri.n.to.na.ru.to、su.zu.shi.ge.na.na.tsu.no.fu.ze.i.o.ka.n.ji.ru。

風鈴叮鈴叮鈴地響，帶來一絲清涼的夏日氣息。

りんりん

ri.n.ri.n

鈴鈴

* 鐘、鈴噹聲

自転車(じてんしゃ)のベルをりんりん鳴(な)らす。

ji.te.n.sha.no.be.ru.o.ri.n.ri.n.na.ra.su。

把腳踏車的車鈴按得鈴鈴作響。

15

ぴんぽん

pi.n.po.n

叮咚

* 門鈴

誰(だれ)かがぴんぽんとドアチャイムを鳴(な)らした。

da.re.ka.ga.pi.n.po.n.to.do.a.cha.i.mu.o.na.ra.shi.ta。

「叮咚！」不曉得是誰按了門鈴。

ぴんぽん：在日本猜謎節目中，常會用來表示來賓答對題目。
在日常會話中也很常使用。
A：「あれが君(きみ)の車(くるま)だろう？」那是你的車子吧？
B：「ピンポン！」答對了！（沒錯！）

チクタク

chi.ku.ta.ku

滴答滴答

*ticktack，時鐘的秒針

時計(とけい)の音(おと)がチクタクうるさくて眠(ねむ)れない。

to.ke.i.no.o.to.ga.chi.ku.ta.ku.u.ru.sa.ku.te.ne.mu.re.na.i。

時鐘滴答滴答作響，無法入睡。

がったんごっとん

ga.t.ta.n.go.t.to.n

喀嗒喀嗒

* 規律的聲音

電車(でんしゃ)ががったんごっとんと通(とお)り過(す)ぎた。

de.n.sha.ga.ga.t.ta.n.go.t.to.n.to.to.o.ri.su.gi.ta。

電車喀嗒喀嗒地通過。

ぴーぽーぴーぽー

pi.i.po.o.pi.i.po.o

歐咿歐咿

* 救護車的警笛聲

救急車(きゅうきゅうしゃ)がぴーぽーぴーぽーとサイレンを鳴(な)らしながら事故現場(じこげんば)に駆(か)けつけた。

kyu.u.kyu.u.sha.ga.pi.i.po.o.pi.i.po.o.to.sa.i.re.n.o.na.ra.shi.na.ga.ra.ji.ko.ge.n.ba.ni.ka.ke.tsu.ke.ta。

救護車一路上歐咿歐咿地響著警笛，趕到事故現場。

ぼーっ

bo.o

嗚

* 汽笛聲

遠(とお)くから汽笛(きてき)の音(おと)がぼーっと響(ひび)いてくる。

to.o.ku.ka.ra.ki.te.ki.no.o.to.ga.bo.o.t.to.hi.bi.i.te.ku.ru。

從遠方傳來汽笛嗚嗚的聲音。

剪、扎、斷裂聲

ちょきちょき
cho.ki.cho.ki

咔嚓咔嚓

* 剪刀

子(こ)どもがはさみで紙(かみ)をちょきちょき切(き)って遊(あそ)んでいる。

ko.do.mo.ga.ha.sa.mi.de.ka.mi.o.cho.ki.cho.ki.ki.t.te.a.so.n.de.i.ru。

小朋友用剪刀咔嚓咔嚓地剪紙玩。

じょきじょき
jo.ki.jo.ki

咔嚓咔嚓

* 剪刀

はさみで前髪(まえがみ)をじょきじょき切(き)る。

ha.sa.mi.de.ma.e.ga.mi.o.jo.ki.jo.ki.ki.ru。

用剪刀咔嚓咔嚓地修剪瀏海。

ちょきちょき 和 じょきじょき 既是擬聲語也是擬態語。

ちょきちょき：用銳利的剪刀一刀剪下，常用來形容美髮師輕快、流暢的剪髮聲音或技術。

じょきじょき：形容剪刀已生鏽或剪得亂七八糟。
多聯想到自己剪髮或剪厚紙時的聲音或情形。

ぴりっ
pi.ri
刷
＊撕破紙、布等

彼女はノートを取り出し、さらさらとペンを走らせ、ぴりっと紙を破いた。

ka.no.jo.wa.no.o.to.o.to.ri.da.shi、sa.ra.sa.ra.to.pe.n.o.ha.shi.ra.se、pi.ri.t.to.ka.mi.o.ya.bu.i.ta。

她拿出筆記本，快速地寫上字，再刷地一聲撕下。

ぶつぶつ
bu.tsu.bu.tsu
噗嗤噗嗤
＊用尖細物，不斷扎洞

針で紙にぶつぶつ穴を開ける。

ha.ri.de.ka.mi.ni.bu.tsu.bu.tsu.a.na.o.a.ke.ru。

用針在紙上噗嗤噗嗤地扎洞。

ぶすっ
bu.su
噗嗤
＊尖銳物刺進柔軟物時

太い注射針をぶすっと刺された。

fu.to.i.chu.u.sha.shi.n.o.bu.su.t.to.sa.sa.re.ta。

噗嗤一聲扎進一支很粗的針頭。

ぽきっ

po.ki

啪

＊輕易折斷細長物

類 ぽきり po.ki.ri

バラを一本（いっぽん）ぽきっと折（お）って、花瓶（かびん）に挿（さ）した。

ba.ra.o.i.p.po.n.po.ki.t.to.o.t.te、ka.bi.n.ni.sa.shi.ta。

將一朵玫瑰花啪地一聲折斷後，插進花瓶裡。

ぼきっ

bo.ki

喀

類 ぼきり bo.ki.ri

スキーでへたに転（ころ）んだ瞬間（しゅんかん）、ぼきっと足（あし）の骨（ほね）が折（お）れた。

su.ki.i.de.he.ta.ni.ko.ro.n.da.shu.n.ka.n、bo.ki.t.to.a.shi.no.ho.ne.ga.o.re.ta。

滑雪跌倒的瞬間，腳喀地一聲骨折了。

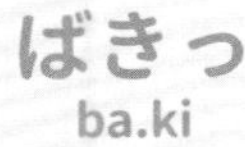

ばきっ

ba.ki

喀啦

＊又粗又堅硬的物品斷裂

台風（たいふう）で大（おお）きな木（き）が根本（こんぽん）からばきっと折（お）れた。

ta.i.fu.u.de.o.o.ki.na.ki.ga.ko.n.po.n.ka.ra.ba.ki.t.to.o.re.ta。

颱風將大樹喀啦一聲地攔腰吹斷。

ばきっ：斷裂聲比「ぼきっ」高、清脆。

さらさら
sa.ra.sa.ra
淙淙
* 水流聲

小川がさらさら流れている。
o.ga.wa.ga.sa.ra.sa.ra.na.ga.re.te.i.ru。
小溪淙淙地流著。

ちょろちょろ
cho.ro.cho.ro
潺潺
* 少量的水流出

ホースから水がちょろちょろ漏れ出している。
ho.o.su.ka.ra.mi.zu.ga.cho.ro.cho.ro.mo.re.da.shi.te.i.ru。
水管潺潺地漏出水。

じゃーじゃー
ja.a.ja.a
嘩啦嘩啦
* 大量的水不斷流出

お風呂にお湯をじゃーじゃーと入れる。
o.fu.ro.ni.o.yu.o.ja.a.ja.a.to.i.re.ru。
將熱水嘩啦嘩啦地注入浴池中。

ばしゃばしゃ
ba.sha.ba.sha

啪答啪答

* 戲水聲

プールでばしゃばしゃ水遊(みずあそ)び。

pu.u.ru.de.ba.sha.ba.sha.mi.zu.a.so.bi。

在游泳池啪答啪答地玩水。

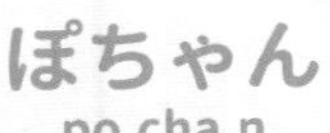

po.cha.n

撲通

かえるが池(いけ)の中(なか)にぽちゃんと飛(と)び込(こ)んだ。

ka.e.ru.ga.i.ke.no.na.ka.ni.po.cha.n.to.to.bi.ko.n.da。

青蛙撲通一聲跳進池塘。

じゃぼん
ja.bo.n

撲咚

ブルドーザーが大(おお)きな石(いし)を池(いけ)の中(なか)にじゃぼんと落(お)とした。

bu.ru.do.o.za.a.ga.o.o.ki.na.i.shi.o.i.ke.no.na.ka.ni.ja.bo.n.to.o.to.shi.ta。

挖土機將大石頭撲咚一聲地丟進水池裡。

ぽちゃん：是指體積比較小的物品掉入水中時所濺起的水花聲。

じゃぼん：是指體積較大的物品掉入水中。此外也常形容人跳入水中時的水花四濺聲。

ぽたぽた

po.ta.po.ta

啪答啪答

＊液體滴落

水(みず)がぽたぽたしたたる。

mi.zu.ga.po.ta.po.ta.shi.ta.ta.ru。

水啪答啪答地滴落。

ぽたぽた：最常用來形容液體滴落的聲音。

當裝水的容器有破洞時，則用 **ぼとぼと**

表現水急速地滴落及不知所措的慌張心情。

例： 袋(ふくろ)が破(やぶ)れて、中(なか)の汁(しる)がぼとぼと漏(も)れた。

袋子破了一個洞，裡頭的湯汁滴滴答答地滴落。

ぼとぼと

bo.to.bo.to

滴滴答答

＊液體迅速滴落

穴(あな)の空(あ)いたバケツから水(みず)がぼとぼと漏(も)れた。

a.na.no.a.i.ta.ba.ke.tsu.ka.ra.mi.zu.ga.bo.to.bo.to.mo.re.ta。

從破了洞的水桶裡，滴滴答答地漏出水來。

ぽつん

po.tsu.n

啪嗒

* 雨或淚珠滴落的聲音

雨粒(あまつぶ)がぽつんと額(ひたい)に当(あ)たる。

a.ma.tsu.bu.ga.po.tsu.n.to.hi.ta.i.ni.a.ta.ru。

雨滴啪嗒一聲滴落在額頭上。

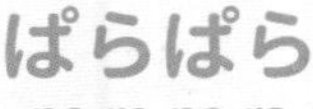

ぱらぱら

pa.ra.pa.ra

滴滴答答

* 雨聲

弱(よわ)い雨(あめ)がぱらぱらと降(ふ)り始(はじ)める。

yo.wa.i.a.me.ga.pa.ra.pa.ra.to.fu.ri.ha.ji.me.ru。

滴滴答答地開始下起小雨。

ざっ
za
嘩
* 驟雨或突然刮大風

突然夕立がざっと降り始める。

to.tsu.ze.n.yu.u.da.chi.ga.za.t.to.fu.ri.ha.ji.me.ru。

突然嘩地一聲下起午後雷陣雨。

ざーざー
za.a.za.a
嘩啦嘩啦
* 下大雨

雨がざーざー降る。

a.me.ga.za.a.za.a.fu.ru。

雨嘩啦嘩啦地下。

ぼこぼこ

bo.ko.bo.ko

噗嘟噗嘟

* 冒泡聲

温泉がぼこぼこ湧き出している。

o.n.se.n.ga.bo.ko.bo.ko.wa.ki.da.shi.te.i.ru。

溫泉噗嘟噗嘟地湧出。

：從水中連續不斷地冒出大泡泡。

ぐつぐつ

gu.tsu.gu.tsu

咕嘟咕嘟

* 大火燉煮食物，水滾冒泡

鍋で煮物がぐつぐつ煮えている。

na.be.de.ni.mo.no.ga.gu.tsu.gu.tsu.ni.e.te.i.ru。

鍋子裡咕嘟咕嘟地燉煮著食物。

ひゅーひゅー
hyu.u.hyu.u
颼颼
* 風不停地吹

冬（ふゆ）の冷（つめ）たい風（かぜ）がひゅーひゅーと耳（みみ）を切（き）る。
fu.yu.no.tsu.me.ta.i.ka.ze.ga.hyu.u.hyu.u.to.mi.mi.o.ki.ru。
冬天的冷風颼颼地從耳邊吹過。

ひゅう
hyu.u
咻～
* 風聲

窓（まど）の隙間（すきま）から風（かぜ）がひゅうと入（はい）り込（こ）む。
ma.do.no.su.ki.ma.ka.ra.ka.ze.ga.hyu.u.to.ha.i.ri.ko.mu。
風從窗戶的縫隙中咻地吹進來。

鞭（むち）がひゅうと鳴（な）る。
mu.chi.ga.hyu.u.to.na.ru。
鞭子發出咻地一聲。

ひゅう：除了風聲以外，也可形容物體快速飛過、劃破空氣聲。

ぶんぶん
bu.n.bu.n

類 ぶーん bu.u.n

咻咻

＊揮舞物品聲

バットを振る度にぶんぶんと空気を切る音がする。

ba.t.to.o.fu.ru.ta.bi.ni.bu.n.bu.n.to.ku.u.ki.o.ki.ru.o.to.ga.su.ru。

每當揮棒就會聽見球棒劃破空氣的咻咻聲。

ぶんぶん：也常形容蜜蜂、蒼蠅等昆蟲的振翅聲。請見 p.35。

しゅるしゅる
shu.ru.shu.ru

咻咻

＊快速移動

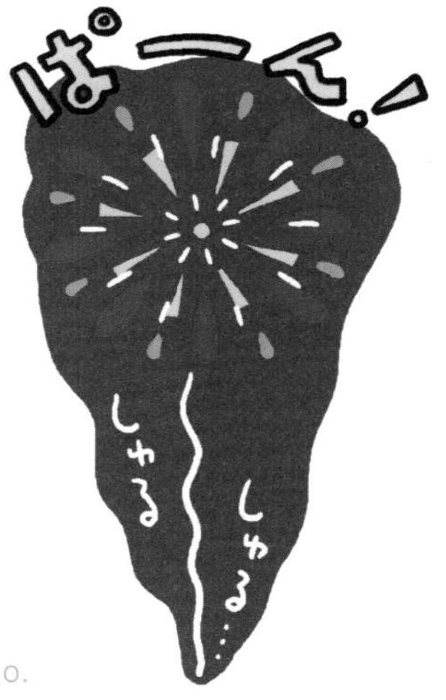

打ち上げ花火がしゅるしゅると夜空を
昇ってぱーんと美しく開く。

u.chi.a.ge.ha.na.bi.ga.shu.ru.shu.ru.to.yo.zo.ra.o.
no.bo.t.te.pa.a.n.to.u.tsu.ku.shi.ku.hi.ra.ku。

煙火咻咻地衝上夜空，砰一聲五彩繽紛地綻放開來。

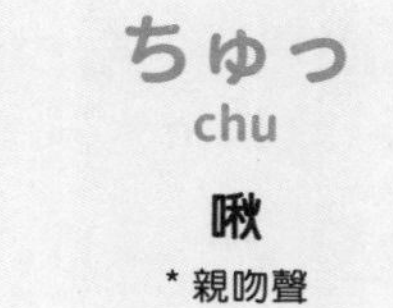

ちゅっ
chu
啾
* 親吻聲

頬(ほお)にちゅっとキス。

ho.o.ni.chu.t.to.ki.su。

啾地一聲親吻臉頰。

じーっ
ji.i
嘰嘰
* 機械的雜音

自動(じどう)シャッターがじーっと回(まわ)る音(おと)が聞(き)こえる。

ji.do.o.sha.t.ta.a.ga.ji.i.t.to.ma.wa.ru.o.to.ga.ki.ko.e.ru。

聽見自動快門嘰嘰運轉的聲音。

ぱしゃぱしゃ
pa.sha.pa.sha
喀嚓喀嚓
* 相機快門聲

人気(にんき)俳優(はいゆう)が現(あらわ)れると、
報道陣(ほうどうじん)が一斉(いっせい)にぱしゃぱしゃシャッターを切(き)った。

ni.n.ki.ha.i.yu.u.ga.a.ra.wa.re.ru.to、
ho.o.do.o.ji.n.ga.i.s.se.i.ni.pa.sha.pa.sha.sha.t.ta.a.o.ki.t.ta。

當紅演員一現身，媒體們就同時喀嚓喀嚓地猛按快門。

じゃーん
ja.a.n
鏘

「じゃーん！」、いいでしょ？新製品(しんせいひん)だよ。

「ja.a.n ！」、i.i.de.sho?shi.n.se.i.hi.n.da.yo。

鏘！很好看吧，是新商品喔！

ぴぴっ
pi.pi
嗶嗶

ぴぴっとエラー音(おん)が鳴(な)る。

pi.pi.t.to.e.ra.a.o.n.ga.na.ru。

響起嗶嗶的錯誤訊號聲。

ぺこぺこ
pe.ko.pe.ko
啪嗒啪嗒
*壓、彎曲薄且硬的物品

アルミの空(あ)き缶(かん)をぺこぺこ押(お)し鳴(な)らす。

a.ru.mi.no.a.ki.ka.n.o.pe.ko.pe.ko.o.shi.na.ra.su。

啪嗒啪嗒地擠壓鋁罐。

ゆったり

ぶすっ

第二章

擬態語
ぎたいご
gi tai go

擬態語

うるうる

ぞくぞく

にこにこ
ni.ko.ni.ko
笑咪咪

類 にこっ ni.ko

彼女(かのじょ)はいつもにこにこ穏(おだ)やかにほほえんでいる。

ka.no.jo.wa.i.tsu.mo.ni.ko.ni.ko.o.da.ya.ka.ni.ho.ho.e.n.de.i.ru。

她的臉上總是帶著柔和的微笑。

にっこり
ni.k.ko.ri
笑呵呵

「ありがとう」とお礼(れい)を言(い)うと、
彼(かれ)はにっこり笑(わら)って「どういたしまして」と応(こた)えた。

「a.ri.ga.to.o」to.o.re.i.o.i.u.to、
ka.re.wa.ni.k.ko.ri.wa.ra.t.te「do.o.i.ta.shi.ma.shi.te」to.ko.ta.e.ta。

我跟他道謝，他笑呵呵地回答我：「不用客氣」。

くすくす
ku.su.ku.su
暗地偷笑

派手(はで)に転(ころ)んで、まわりからくすくすと笑(わら)い声(ごえ)が起(お)こった。

ha.de.ni.ko.ro.n.de、ma.wa.ri.ka.ra.ku.su.ku.su.to.wa.ra.i.go.e.ga.o.ko.t.ta。

狠狠地跌了一跤，周圍的人暗暗地偷笑。

くすくす：為了不被他人聽見笑聲，拚命忍住。

へらへら
he.ra.he.ra

嬉皮笑臉

* 態度輕浮、隨便

試合中にへらへらと笑うな！

shi.a.i.chu.u.ni.he.ra.he.ra.to.wa.ra.u.na ！

別在比賽中嬉笑打鬧！

にやにや
ni.ya.ni.ya

暗暗地笑

* 陰險、猥褻地笑

あのおじさん、にやにやしながらこっちを見ていて気持ち悪い。

a.no.o.ji.sa.n、ni.ya.ni.ya.shi.na.ga.ra.ko.c.chi.o.mi.te.i.te.ki.mo.chi.wa.ru.i。

那個伯伯一邊看著我，一邊暗暗地笑，感覺很不舒服。

類 にやっ ni.ya

にやり
ni.ya.ri

得意的笑

* 事情稱心如意

相手がまんまと詐欺話に乗ってきて、詐欺師はにやりとした

a.i.te.ga.ma.n.ma.to.sa.gi.ba.na.shi.ni.no.t.te.ki.te、sa.gi.shi.wa.ni.ya.ri.to.shi.ta。

順利地讓對方相信自己的話，騙子的臉上露出一抹得意的笑容。

にやにや 和 **にやり** 都沒有真的笑出聲音。

ぷんぷん

pu.n.pu.n

怒氣沖沖

類 ぷりぷり pu.ri.pu.ri

別の女の子と仲良くしたせいで、彼女はぷんぷんだ。

be.tsu.no.o.n.na.no.ko.to.na.ka.yo.ku.shi.ta.se.i.de、ka.no.jo.wa.pu.n.pu.n.da。

因為跟別的女生交情太好，女朋友怒氣沖沖的。

むかむか

mu.ka.mu.ka

滿腔怒火

類 むかっ mu.ka

店員の失礼な態度にむかむかした。

te.n.i.n.no.shi.tsu.re.i.na.ta.i.do.ni.mu.ka.mu.ka.shi.ta。

店員失禮的態度令我滿腔怒火。

かっ

ka

怒火中燒

彼はすぐかっとなる質だ。

ka.re.wa.su.gu.ka.t.to.na.ru.ta.chi.da。

他的個性很易怒。

うるうる
u.ru.u.ru

涙眼汪汪

たまねぎを切(き)ると目(め)がうるうるする。

ta.ma.ne.gi.o.ki.ru.to.me.ga.u.ru.u.ru.su.ru。

只要切洋蔥，就會涙眼汪汪。

ぽろぽろ
po.ro.po.ro

撲簌簌

* 眼涙不停滴落

ドラマのエンディングで涙(なみだ)がぽろぽろとこぼれた。

do.ra.ma.no.e.n.di.n.gu.de.na.mi.da.ga.po.ro.po.ro.to.ko.bo.re.ta。

連續劇的結局讓我的眼涙撲簌簌地掉下來。

ぽろり
po.ro.ri

滴落

* 眼涙、液體、顆粒物

思(おも)いがけない親切(しんせつ)に、思(おも)わずぽろりと涙(なみだ)がこぼれる。

o.mo.i.ga.ke.na.i.shi.n.se.tsu.ni、o.mo.wa.zu.po.ro.ri.to.na.mi.da.ga.ko.bo.re.ru。

對方出乎意料之外的親切，讓我不由得地流下眼涙。

しくしく

shi.ku.shi.ku

抽抽噎噎

子(こ)どもが親(おや)に怒(おこ)られてしくしくと泣(な)いている。

ko.do.mo.ga.o.ya.ni.o.ko.ra.re.te.shi.ku.shi.ku.to.na.i.te.i.ru。

小朋友被父母罵得抽抽噎噎地哭著。

めそめそ

me.so.me.so

哭哭啼啼

男(おとこ)のくせにいつまでもめそめそするな！

o.to.ko.no.ku.se.ni.i.tsu.ma.de.mo.me.so.me.so.su.ru.na ！

明明是個男人，別哭哭啼啼的！

しくしく 和 **めそめそ** 都是形容靜靜地哭泣的樣子。但 **めそめそ** 多帶有負面的印象，令人覺得不耐煩。

げっそり

ge.s.so.ri

消瘦、憔悴

＊臉、身體

ひどい下痢(げり)でげっそりやせた。

hi.do.i.ge.ri.de.ge.s.so.ri.ya.se.ta。

因為嚴重的腹瀉，消瘦不少。

ぽっ
po
面紅耳赤

愛しの彼と目が合って、ぽっと頬を赤らめた。

i.to.shi.no.ka.re.to.me.ga.a.t.te、po.t.to.ho.o.o.a.ka.ra.me.ta。

跟喜歡的他四目相交，害羞得面紅耳赤。

うっとり
u.t.to.ri
陶醉、神魂顛倒

彼女のドレス姿にうっとりする。

ka.no.jo.no.do.re.su.su.ga.ta.ni.u.t.to.ri.su.ru.。

她穿著洋裝的身影，令我神魂顛倒。

ぎらぎら
gi.ra.gi.ra
閃閃發亮
* 眼神

誰もがぎらぎらした目で金鉱を探していた。

da.re.mo.ga.gi.ra.gi.ra.shi.ta.me.de.ki.n.ko.o.o.sa.ga.shi.te.i.ta。

每個人的眼睛都閃閃發亮地找著金礦。

♫20

表情、樣子

きょとん

kyo.to.n

傻眼

＊對突發狀況

突然(とつぜん)の出来事(できごと)に状況(じょうきょう)がつかめず、彼(かれ)はきょとんとしていた。

to.tsu.ze.n.no.de.ki.go.to.ni.jo.o.kyo.o.ga.tsu.ka.me.zu、ka.re.wa.kyo.to.n.to.shi.te.i.ta。

預料之外的事情發生，他搞不清楚狀況一時傻了眼。

ぽかん

po.ka.n

目瞪口呆

彼女(かのじょ)から突然別(とつぜんわか)れを告(つ)げられて、ぽかんとしてしまった。

ka.no.jo.ka.ra.to.tsu.ze.n.wa.ka.re.o.tsu.ge.ra.re.te 、po.ka.n.to.shi.te.shi.ma.t.ta。

她突然說要分手，讓我當場目瞪口呆。

きょとん 和 **ぽかん** 都是形容對眼前所發生的狀況，不知所措呆呆地站在原地的樣子。

きょとん：對眼前的事物感到不可思議，傻傻地凝視著。

ぽかん：過於驚訝，嘴巴張得大大的。

ぼーっ
bo.o

呆呆的

* 精神恍惚

人生(じんせい)に疲(つか)れて、夕日(ゆうひ)をぼーっと眺(なが)める。

ji.n.se.i.ni.tsu.ka.re.te、yu.u.hi.o.bo.o.t.to.na.ga.me.ru。

對人生感到疲倦，呆呆地眺望著夕陽。

ぼんやり
bo.n.ya.ri

心不在焉

窓(まど)の外(そと)をぼんやり眺(なが)める。

ma.do.no.so.to.o.bo.n.ya.ri.na.ga.me.ru。

心不在焉地眺望著窗外。

ぼけっ
bo.ke

愣愣的

* 無所事事

そんな所(ところ)でぼけっと突(つ)っ立(た)っているな！

so.n.na.to.ko.ro.de.bo.ke.t.to.tsu.t.ta.t.te.i.ru.na ！

別愣愣地站在那種地方！

ぼやぼや

bo.ya.bo.ya

傻愣愣的

* 不機靈、反應慢

ぼやぼやしないで早(はや)く鍋(なべ)の火(ひ)を止(と)めなさい！

bo.ya.bo.ya.shi.na.i.de.ha.ya.ku.na.be.no.hi.o.to.me.na.sa.i ！

別傻愣愣的，快點把鍋子的火關掉！

ぎゃふん

gya.fu.n

啞口無言

* 無法反駁

今度(こんど)こそぎゃふんと言(い)わせてやる！

ko.n.do.ko.so.gya.fu.n.to.i.wa.se.te.ya.ru ！

下次一定要讓他啞口無言！

あたふた

a.ta.fu.ta

驚慌失措

社会(しゃかい)の窓(まど)が開(あ)いているのに気(き)づき、あたふたした。

sha.ka.i.no.ma.do.ga.a.i.te.i.ru.no.ni.ki.zu.ki、a.ta.fu.ta.shi.ta。

因為發現石門水庫忘了拉而驚慌失措。

せかせか
se.ka.se.ka
慌慌張張

彼女は待ち合わせに遅れそうでせかせかしている。
ka.no.jo.wa.ma.chi.a.wa.se.ni.o.ku.re.so.o.de.se.ka.se.ka.shi.te.i.ru。
她好像快趕不上約好的時間，慌慌張張的。

そわそわ
so.wa.so.wa
心神不定、坐立難安
＊因期待…等

姉が恋人を連れてくる日、両親は朝からそわそわしていた。
a.ne.ga.ko.i.bi.to.o.tsu.re.te.ku.ru.hi、ryo.o.shi.n.wa.a.sa.ka.ra.so.wa.so.wa.shi.te.i.ta。
姐姐要帶男朋友回家的那天，爸媽從早上就一副心神不定的樣子。

にやにや、**せかせか**、**そわそわ**、**そそくさ** 都是形容緊急、慌張的樣子。
あたふた：指非常慌張，無法冷靜思考的樣子。
せかせか：因某事顯得慌張，動作急躁。
そわそわ：因心中有所期待，所以心情浮躁不定。
そそくさ：因為某原因，心情或動作顯得急促、焦躁不安。請見 p.78。

そそくさ
so.so.ku.sa
急急忙忙

面倒(めんどう)に巻(ま)き込(こ)まれそうだったので、そそくさとその場(ば)を離(はな)れた。

me.n.do.o.ni.ma.ki.ko.ma.re.so.o.da.t.ta.no.de、so.so.ku.sa.to.so.no.ba.o.ha.na.re.ta。

似乎會被捲進麻煩裡，急急忙忙地離開了那裡。

じたばた
ji.ta.ba.ta
手忙腳亂

本番直前(ほんばんちょくぜん)になってじたばたしても、どうにもならない。

ho.n.ba.n.cho.ku.ze.n.ni.na.t.te.ji.ta.ba.ta.shi.te.mo、do.o.ni.mo.na.ra.na.i。

正式開始前才手忙腳亂地準備是不會有什麼改變的。

ばたばた
ba.ta.ba.ta
手忙腳亂

大晦日(おおみそか)は家中(うちじゅう)ばたばた大忙(おおいそが)しだ。

o.o.mi.so.ka.wa.u.chi.ju.u.ba.ta.ba.ta.o.o.i.so.ga.shi.da。

除夕全家人忙得手忙腳亂。

ばたばた：也可形容「一個接一個倒下（病倒、倒閉）」等。

どたばた
do.ta.ba.ta

東奔西跑

＊因忙碌

引越し前でどたばたしている。

hi.k.ko.shi.ma.e.de.do.ta.ba.ta.shi.te.i.ru。

東奔西跑地忙著處理搬家事宜。

しどろもどろ
shi.do.ro.mo.do.ro

語無倫次

緊張でしどろもどろになる。

ki.n.cho.o.de.shi.do.ro.mo.do.ro.ni.na.ru。

緊張得語無倫次。

類 おろおろ o.ro.o.ro

まごまご
ma.go.ma.go

手足無措

慣れない司会進行役に、まごまごしてしまった。

na.re.na.i.shi.ka.i.shi.n.ko.o.ya.ku.ni、ma.go.ma.go.shi.te.shi.ma.t.ta。

不習慣當司儀，感到手足無措。

わいわい

wa.i.wa.i

鬧哄哄

子(こ)どもたちがわいわい騒(さわ)いでいる。

ko.do.mo.ta.chi.ga.wa.i.wa.i.sa.wa.i.de.i.ru。

小朋友們鬧哄哄地很吵雜。

ぎょっ

gyo

類 どきっ do.ki

大吃一驚、嚇一大跳

うしろからいきなり肩(かた)を叩(たた)かれてぎょっとした。

u.shi.ro.ka.ra.i.ki.na.ri.ka.ta.o.ta.ta.ka.re.te.gyo.t.to.shi.ta。

突然從後面被拍了一下肩膀，嚇了一大跳。

はきはき

ha.ki.ha.ki

清楚明瞭、乾脆

* 發言、態度

プレゼンではきはきと話(はな)すことが大切(たいせつ)です。

pu.re.ze.n.de.wa.ha.ki.ha.ki.to.ha.na.su.ko.to.ga.ta.i.se.tsu.de.su。

上台報告時說明得清楚明瞭是很重要的。

類 むっ mu

むすっ

mu.su

板著臉

* 心情不好、態度冷漠

窓口の女性はむすっとして愛想がない。

ma.do.gu.chi.no.jo.se.i.wa.mu.su.t.to.shi.te.a.i.so.ga.na.i。

窗口的那位小姐板著一張臉，態度很不親切。

ぶすっ

bu.su

臭著臉

* 心情很差

今日の先生はぶすっとして機嫌が悪そう。

kyo.o.no.se.n.se.i.wa.bu.su.t.to.shi.te.ki.ge.n.ga.wa.ru.so.o。

老師今天臭著一張臉，看起來似乎心情不好。

おめおめ

o.me.o.me

厚顏無恥、滿不在乎

やられっぱなしでおめおめと引き下がるわけにはいかない。

ya.ra.re.p.pa.na.shi.de.o.me.o.me.to.hi.ki.sa.ga.ru.wa.ke.ni.wa.i.ka.na.i。

被揍得那麼慘，我怎麼能滿不在乎地帶著這個恥辱下台呢！

けろり
ke.ro.ri
若無其事

彼女はさっきあんなに泣いていたのに、今はけろりとしている。
ka.no.jo.wa.sa.k.ki.a.n.na.ni.na.i.te.i.ta.no.ni、i.ma.wa.ke.ro.ri.to.shi.te.i.ru。
她剛剛明明哭得那麼傷心，現在卻一付若無其事的樣子。

ぐっすり
gu.s.su.ri
熟睡的樣子

赤ちゃんがあどけない顔でぐっすり眠っている。
a.ka.cha.n.ga.a.do.ke.na.i.ka.o.de.gu.s.su.ri.ne.mu.t.te.i.ru。
小嬰兒天真無邪地熟睡著。

べろんべろん
be.ro.n.be.ro.n
爛醉如泥

昨日は酒を飲み過ぎてべろんべろんに酔っ払った。
ki.no.o.wa.sa.ke.o.no.mi.su.gi.te.be.ro.n.be.ro.n.ni.yo.p.pa.ra.t.ta。
昨天喝了太多酒，喝得爛醉如泥。

ぴんぴん
pi.n.pi.n

硬朗、活蹦亂跳

* 身體

100 歳の曾祖父はまだぴんぴんしている。

hya.ku.sa.i.no.so.o.so.fu.wa.ma.da.pi.n.pi.n.shi.te.i.ru。

100 歲的曾祖父身體還很硬朗。

ぽっくり
po.k.ku.ri

突然去世

* 身體健康的人

元気だったおじさんがある日ぽっくり逝ってしまった。

ge.n.ki.da.t.ta.o.ji.sa.n.ga.a.ru.hi.po.k.ku.ri.i.t.te.shi.ma.t.ta。

身體一直都很健康的伯父，在某日突然去世了。

こりこり
ko.ri.ko.ri

僵硬酸痛

* 肌肉

肩が凝ってこりこりする。

ka.ta.ga.ko.t.te.ko.ri.ko.ri.su.ru。

肩膀僵硬酸痛。

がりがり

ga.ri.ga.ri

骨瘦如柴

彼はがりがりにやせている。

ka.re.wa.ga.ri.ga.ri.ni.ya.se.te.i.ru。

他瘦得只剩皮包骨。

ほっそり

ho.s.so.ri

瘦、纖細

結婚する前の妻はほっそりした美人だった。

ke.k.ko.n.su.ru.ma.e.no.tsu.ma.wa.ho.s.so.ri.shi.ta.bi.ji.n.da.t.ta。

老婆跟我結婚之前，是個身材纖細的美女。

ぷっくり

pu.k.ku.ri

鼓鼓的

＊某部位

3ヶ月くらいの妊婦のお腹はぷっくりと丸みを帯び始める。

sa.n.ka.ge.tsu.ku.ra.i.no.ni.n.pu.no.o.na.ka.wa.pu.k.ku.ri.to.ma.ru.mi.o.o.bi.ha.ji.me.ru。

大概三個月左右，孕婦的肚子就會開始微微隆起。

ぶくぶく

bu.ku.bu.ku

胖嘟嘟、圓滾滾

* 全身

うちの猫(ねこ)は大食漢(たいしょくかん)でぶくぶく太(ふと)っている。

u.chi.no.ne.ko.wa.ta.i.sho.ku.ka.n.de.bu.ku.bu.ku.fu.to.t.te.i.ru。

我家的貓是個大胃王，全身胖得圓滾滾的。

ぶよぶよ

bu.yo.bu.yo

肥胖、贅肉鬆垮

* 全身或某部位

ダイエットでぶよぶよしたぜい肉(にく)をなくそう！

da.i.e.t.to.de.bu.yo.bu.yo.shi.ta.ze.i.ni.ku.o.na.ku.so.o ！

利用減肥將身體軟趴趴的贅肉消除掉吧！

ぽっちゃり

po.c.cha.ri

豐腴

* 臉頰、身體

彼女(かのじょ)はぽっちゃり体型(たいけい)だ。

ka.no.jo.wa.po.c.cha.ri.ta.i.ke.i.da。

她屬於肉肉的體型。

ぶくぶく：形容又胖又醜，全身肥胖。

ぶよぶよ：指全身或身體某一部位（如：肚子）肥胖，贅肉鬆垮的樣子。

ぽっちゃり：指臉頰或身體肉肉的、很可愛。常用來形容不算肥胖，但肉肉體質的女生。

21

外貌

ぼこぼこ

bo.ko.bo.ko

鼻青臉腫

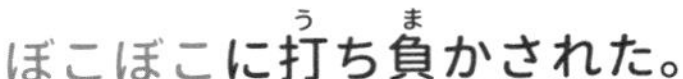

ぼこぼこに打ち負かされた。

bo.ko.bo.ko.ni.u.chi.ma.ka.sa.re.ta。

被揍得鼻青臉腫。

しわしわ

shi.wa.shi.wa

皺巴巴

おばあちゃんの肌はしわしわだ。

o.ba.a.cha.n.no.ha.da.wa.shi.wa.shi.wa.da。

奶奶的皮膚皺巴巴的。

ふさふさ

fu.sa.fu.sa

茂密

* 頭髮

歳をとっても髪の毛がふさふさであってほしいです。

to.shi.o.to.t.te.mo.ka.mi.no.ke.ga.fu.sa.fu.sa.de.a.t.te.ho.shi.i.de.su。

希望即使上了年紀，頭髮仍然很茂密。

きりり
ki.ri.ri
嚴肅、嚴峻

彼(かれ)はきりりとした顔立(かおだ)ちをしている。
ka.re.wa.ki.ri.ri.to.shi.ta.ka.o.da.chi.o.shi.te.i.ru。
他長得一臉嚴肅的樣子。

ちゃらちゃら
cha.ra.cha.ra
濃妝艷抹

ちゃらちゃらした若者(わかもの)が増(ふ)えてきたと祖父(そふ)がぼやいている。
cha.ra.cha.ra.shi.ta.wa.ka.mo.no.ga.fu.e.te.ki.ta.to.so.fu.ga.bo.ya.i.te.i.ru。
祖父嘟嘟囔囔地說最近濃妝艷抹的年輕人愈來愈多了。

★ぼやく：嘟囔、發牢騷。

そっくり
so.k.ku.ri
酷似、一模一樣

彼女(かのじょ)は私(わたし)とそっくり。
ka.no.jo.wa.wa.ta.shi.to.so.k.ku.ri。
女朋友跟我有夫妻臉。

♫ 22

心情

うはうは

u.ha.u.ha

滿心歡喜

思わぬ大金を手に、うはうは喜んでいる。

o.mo.wa.nu.ta.i.ki.n.o.te.ni、u.ha.u.ha.yo.ro.ko.n.de.i.ru。

意外得到一筆巨款，高興得闔不攏嘴。

うきうき

u.ki.u.ki

興高采烈

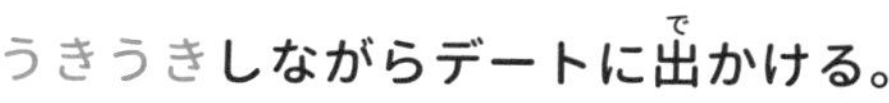

うきうきしながらデートに出かける。

u.ki.u.ki.shi.na.ga.ra.de.e.to.ni.de.ka.ke.ru。

興高采烈地出門約會。

むずむず

mu.zu.mu.zu

迫不及待

類 うずうず u.zu.u.zu

早く旅行に行きたくてむずむずする。

ha.ya.ku.ryo.ko.o.ni.i.ki.ta.ku.te.mu.zu.mu.zu.su.ru。

迫不急待地想趕快去旅行。

わくわく

wa.ku.wa.ku

興奮不已

わくわくしながらプレゼントを開(あ)けた。

wa.ku.wa.ku.shi.na.ga.ra.pu.re.ze.n.to.o.a.ke.ta。

興奮不已地拆開禮物。

うきうき、**むずむず**、**わくわく** 都是形容期待、興奮的樣子。

うきうき：期待要去做某事，心情十分快樂。

むずむず：迫不及待地很想立刻去做某事，情緒高亢。

わくわく：期待已久的事即將實現，心情雀躍不已。

どきどき

do.ki.do.ki

心撲通撲通跳

＊因不安、期待…等

好(す)きな人(ひと)の前(まえ)ではどきどきする。

su.ki.na.hi.to.no.ma.e.de.wa.do.ki.do.ki.su.ru。

在喜歡的人面前，心撲通撲通地跳。

♫ 22

心情

ばくばく

ba.ku.ba.ku

怦怦跳

＊因緊張，心跳加快

出番直前で、心臓がばくばくしている。

de.ba.n.cho.ku.ze.n.de、shi.n.zo.o.ga.ba.ku.ba.ku.shi.te.i.ru。

出場前心臟怦怦地跳個不停。

ばくばく：通常用於緊張的情況下。

おどおど

o.do.o.do

戰戰兢兢

怖い教師の前でおどおどする。

ko.wa.i.kyo.o.shi.no.ma.e.de.o.do.o.do.su.ru。

在可怕的老師面前，顯得戰戰兢兢。

はらはら

ha.ra.ha.ra

提心吊膽

空中ブランコをはらはらしながら観た。

ku.u.chu.u.bu.ra.n.ko.o.ha.ra.ha.ra.shi.na.ga.ra.mi.ta。

提心吊膽地看著馬戲團的飛人秀。

はらはら：為眼前的事物捏一把冷汗。

ひやひや

hi.ya.hi.ya

膽戰心驚

無謀運転(むぼううんてん)をする車(くるま)にひやひやさせられた。

mu.bo.o.u.n.te.n.o.su.ru.ku.ru.ma.ni.hi.ya.hi.ya.sa.se.ra.re.ta。

被胡亂開車的人嚇得膽戰心驚。

いらいら

i.ra.i.ra

焦躁、不耐煩

この店(みせ)の店員(てんいん)にはいつもいらいらさせられる。

ko.no.mi.se.no.te.n.i.n.ni.wa.i.tsu.mo.i.ra.i.ra.sa.se.ra.re.ru。

這間店的店員總是讓我覺得很焦躁。

うんざり

u.n.za.ri

厭煩

単純作業(たんじゅんさぎょう)ばかりでもううんざりだ。

ta.n.ju.n.sa.gyo.o.ba.ka.ri.de.mo.o.u.n.za.ri.da。

我對這種制式的工作已經感到厭煩了。

♫ 22

心情

がーん
ga.a.n

打擊

* 心裡受到

だまされたとわかってがーんとショックを受(う)けた。

da.ma.sa.re.ta.to.wa.ka.t.te.ga.a.n.to.sho.k.ku.o.u.ke.ta。

知道自己被騙，受到很大的打擊。

がくっ
ga.ku

類 がっくり ga.k.ku.ri

無精打采、沮喪

あと少(すこ)しのところで獲物(えもの)を逃(の)がして、がくっとした。

a.to.su.ko.shi.no.to.ko.ro.de.e.mo.no.o.no.ga.shi.te、ga.ku.t.to.shi.ta。

就差那麼一點點，卻被獵物給逃跑了，真是沮喪。

ぺしゃんこ
pe.sha.n.ko

洩氣

完封負(かんぷうま)けして、気分(きぶん)がぺしゃんこだ。

ka.n.pu.u.ma.ke.shi.te、ki.bu.n.ga.pe.sha.n.ko.da。

被對手完封輸了比賽，心情十分洩氣。

ぺしゃんこ：也可形容物品被壓得扁扁的、失去原樣。

例：大(おお)きな地震(じしん)で、家(いえ)がぺしゃんこになってしまいました。

因為大地震，屋子全塌了。

類 がっくり
ga.k.ku.ri

がっかり
ga.k.ka.ri

失望

数量限定発売(すうりょうげんていはつばい)のバッグが買(か)えなくて、がっかりした。

su.u.ryo.o.ge.n.te.i.ha.tsu.ba.i.no.ba.g.gu.ga.ka.e.na.ku.te、ga.k.ka.ri.shi.ta。

沒有買到限量的包包，讓我感到很失望。

くよくよ
ku.yo.ku.yo

想不開、鬱鬱寡歡

終(お)わったことをいつまでもくよくよと悔(く)やんでも仕方(しかた)ない。

o.wa.t.ta.ko.to.o.i.tsu.ma.de.mo.ku.yo.ku.yo.to.ku.ya.n.de.mo.shi.ka.ta.na.i。

已經過去的事，就算鬱鬱寡歡地後悔也沒有用。

しゅん
shu.n

垂頭喪氣、心情低落

いたずらした子(こ)どもが叱(しか)られてしゅんと下(した)を向(む)いている。

i.ta.zu.ra.shi.ta.ko.do.mo.ga.shi.ka.ra.re.te.shu.n.to.shi.ta.o.mu.i.te.i.ru。

搗蛋的孩子挨罵後，心情低落地看著下方。

しょんぼり

sho.n.bo.ri

意志消沉

祖母を亡くした祖父は、しょんぼりしている。

so.bo.o.na.ku.shi.ta.so.fu.wa、sho.n.bo.ri.shi.te.i.ru。

因為祖母過世，祖父顯得意志消沉。

しんみり

shi.n.mi.ri

哀戚、感慨

通夜の会場はしんみりとした雰囲気に包まれていた。

tsu.ya.no.ka.i.jo.o.wa.shi.n.mi.ri.to.shi.ta.fu.n.i.ki.ni.tsu.tsu.ma.re.te.i.ta。

守靈會場內充滿著哀戚的氣氛。

あっぷあっぷ

a.p.pu.a.p.pu

掙扎、痛苦

あの会社は資金繰りにあっぷあっぷしている。

a.no.ka.i.sha.wa.shi.ki.n.gu.ri.ni.a.p.pu.a.p.pu.shi.te.i.ru。

那間公司因資金週轉的問題，陷入困境。

ふうふう

fu.u.fu.u

喘不過氣

＊痛苦得

彼(かれ)は仕事(しごと)に追(お)われてふうふう言(い)っている。

ka.re.wa.shi.go.to.ni.o.wa.re.te.fu.u.fu.u.i.t.te.i.ru。

他被工作壓得喘不過氣來。

類 どきり do.ki.ri

どきっ

do.ki

大吃一驚

図星(ずぼし)を突(つ)かれてどきっとした。

zu.bo.shi.o.tsu.ka.re.te.do.ki.t.to.shi.ta。

被說中心事，令我大吃一驚。

類 びっくり bi.k.ku.ri

どっきり

do.k.ki.ri

嚇一大跳

夜道(よみち)で変(へん)な男(おとこ)から声(こえ)をかけられてどっきりした。

yo.mi.chi.de.he.n.na.o.to.ko.ka.ra.ko.e.o.ka.ke.ra.re.te.do.k.ki.ri.shi.ta。

晚上走夜路時，被可疑的男人叫住，嚇得心臟都快跳了出來。

22

心情

びっくり

bi.k.ku.ri

嚇一跳

あまりの人の多さにびっくりした。

a.ma.ri.no.hi.to.no.o.o.sa.ni.bi.k.ku.ri.shi.ta。

被大量湧現的人潮嚇了一跳。

はっ

ha

突然發現

＊意料外的事發生

はっと気づくと、降りる駅を通り過ぎていた。

ha.t.to.ki.zu.ku.to、o.ri.ru.e.ki.o.to.o.ri.su.gi.te.i.ta。

等到發現時，已經過了原本要下車的站。

さっぱり

sa.p.pa.ri

痛快、爽快

お風呂で汗を流して、気分さっぱり！

o.fu.ro.de.a.se.o.na.ga.shi.te、ki.bu.n.sa.p.pa.ri ！

在浴池裡泡澡流了許多汗，真是痛快極了！

さっぱり：常用來接否定，「完全（不）…的」意思。

例；さっぱり分からない。　完全不懂。

すっきり
su.k.ki.ri
神清氣爽

引(ひ)っ越(こ)しの荷物(にもつ)を片付(かたづ)けてすっきりした。

hi.k.ko.shi.no.ni.mo.tsu.o.ka.ta.zu.ke.te.su.k.ki.ri.shi.ta。

整理完搬家的行李後，覺得神清氣爽多了。

すかっ
su.ka
舒暢、爽快
* 心情

海(うみ)に行(い)くと気分(きぶん)がすかっとする。

u.mi.ni.i.ku.to.ki.bu.n.ga.su.ka.t.to.su.ru。

只要一到海邊，心情就會舒暢無比。

すっ
su
暢快
* 心情

不満(ふまん)を全部(ぜんぶ)ぶつけて、胸(むね)がすっとした。

fu.ma.n.o.ze.n.bu.bu.tsu.ke.te、mu.ne.ga.su.t.to.shi.ta。

把不滿全部說出來，心裡暢快許多。

ほんわか

ho.n.wa.ka

暖烘烘的

* 心情

ホットココアを飲むと、ほんわかした気分になる。

ho.t.to.ko.ko.a.o.no.mu.to、ho.n.wa.ka.shi.ta.ki.bu.n.ni.na.ru。

喝下熱可可，心情就會變得暖烘烘的。

ぬくぬく

nu.ku.nu.ku

舒舒服服、無憂無慮

彼は何の苦労も知らずぬくぬく育てられた。

ka.re.wa.na.n.no.ku.ro.o.mo.shi.ra.zu.nu.ku.nu.ku.so.da.te.ra.re.ta。

他不知人間疾苦，在無憂無慮的環境中成長。

のびのび

no.bi.no.bi

自由自在、無拘無束

子どもはのびのび自由に遊ばせたい。

ko.do.mo.wa.no.bi.no.bi.ji.yu.u.ni.a.so.ba.se.ta.i。

想讓小朋友自由自在地玩耍。

のほほん

no.ho.ho.n

游手好閒

彼(かれ)はのほほんと育(そだ)ったおぼっちゃんだ。

ka.re.wa.no.ho.ho.n.to.so.da.t.ta.o.bo.c.cha.n.da。

他是個不知人間疾苦，整天游手好閒的大少爺。

ごろごろ

go.ro.go.ro

無所事事

休日(きゅうじつ)は家(いえ)でごろごろしている。

kyu.u.ji.tsu.wa.i.e.de.go.ro.go.ro.shi.te.i.ru。

假日在家無所事事。

のんびり

no.n.bi.ri

悠閒自得、逍遙自在

退職(たいしょく)した父(ちち)は田舎(いなか)でのんびり暮(く)らしている。

ta.i.sho.ku.shi.ta.chi.chi.wa.i.na.ka.de.no.n.bi.ri.ku.ra.shi.te.i.ru。

父親退休後就悠閒自得地居住在鄉下。

ゆったり

yu.t.ta.ri

悠閒、放鬆

ゆったりとお風呂(ふろ)に浸(つ)かって疲(つか)れを癒(いや)す。

yu.t.ta.ri.to.o.fu.ro.ni.tsu.ka.t.te.tsu.ka.re.o.i.ya.su。

悠閒地泡個澡消除疲勞。

のんびり 和 **ゆったり** 都是形容放鬆、悠閒的樣子。

のんびり：形容無論周圍的人多麼忙碌，都不受影響，保持自己悠閒自在的步調。

ゆったり：形容緊繃的情緒或身體得到解放。也可用來形容衣服寬鬆。

ほっ

ho

鬆了一口氣

旅先(たびさき)で大地震(だいじしん)に遭(あ)った兄(あに)から連絡(れんらく)が入(はい)り、家族一同(かぞくいちどう)ほっとした。

ta.bi.sa.ki.de.da.i.ji.shi.n.ni.a.t.ta.a.ni.ka.ra.re.n.ra.ku.ga.ha.i.ri、ka.zo.ku.i.chi.do.o.ho.t.to.shi.ta。

在旅行的地方遇到大地震的哥哥打電話回來，全家人都鬆了一口氣。

あっさり
a.s.sa.ri
爽快、乾脆

あっさり要求(ようきゅう)が通(とお)って、拍子抜(ひょうしぬ)けした。
a.s.sa.ri.yo.o.kyu.u.ga.to.o.t.te、hyo.o.shi.nu.ke.shi.ta。
乾脆地答應我的要求。

あっさり 和 **さっぱり** 都可用來形容人的個性。
あっさり：「あっさりした性格(せいかく)」，正面的意思是不纏人、直爽，負面則是指個性冷淡。
さっぱり：「さっぱりとした性格(せいかく)」指個性大剌剌的、不拘小節。

類 さっぱり sa.p.pa.ri

さばさば
sa.ba.sa.ba
直爽
* 個性、態度

彼女(かのじょ)はさばさばした性格(せいかく)でみんなに好(す)かれている。
ka.no.jo.wa.sa.ba.sa.ba.shi.ta.se.i.ka.ku.de.mi.n.na.ni.su.ka.re.te.i.ru。
大家都很喜歡她那直爽的個性。

がらっ

ga.ra

完全改變

* 態度或樣子

類 がらり ga.ra.ri

長(なが)かった髪(かみ)を短(みじか)く切(き)って、がらっとイメチェンをした。

na.ga.ka.t.ta.ka.mi.o.mi.ji.ka.ku.ki.t.te、ga.ra.t.to.i.me.che.n.o.shi.ta。

將長髮剪短後，形象有了一百八十度的大轉變。

★ イメチェン＝イメージチェンジ

ぎくしゃく

gi.ku.sha.ku

不自然

* 言語、動作、態度

あの一件(いっけん)以来(いらい)、ふたりの関係(かんけい)はぎくしゃくしている。

a.no.i.k.ke.n.i.ra.i、fu.ta.ri.no.ka.n.ke.i.wa.gi.ku.sha.ku.shi.te.i.ru。

自從那件事情之後，倆個人的關係就變得不太和睦。

ぎすぎす

gi.su.gi.su

不好親近

* 個性

嫁(よめ)に対(たい)してぎすぎすした態度(たいど)を取(と)る姑(しゅうとめ)。

yo.me.ni.ta.i.shi.te.gi.su.gi.su.shi.ta.ta.i.do.o.to.ru.shu.u.to.me。

面對媳婦，婆婆的態度總是令人難以親近。

やんわり

ya.n.wa.ri

委婉的、溫和的

やんわりとした口調(くちょう)で話(はな)す上品(じょうひん)な老婦人(ろうふじん)。

ya.n.wa.ri.to.shi.ta.ku.cho.o.de.ha.na.su.jo.o.hi.n.na.ro.o.fu.ji.n。

說話口氣溫和又高雅的一位老婦人。

もじもじ

mo.ji.mo.ji

扭扭捏捏

この子(こ)は恥(は)ずかしがり屋(や)なので、知(し)らない人(ひと)の前(まえ)ではもじもじする。

ko.no.ko.wa.ha.zu.ka.shi.ga.ri.ya.na.no.de 、
shi.ra.na.i.hi.to.no.ma.e.de.wa.mo.ji.mo.ji.su.ru。

這個孩子很容易害羞，在不認識的人面前就扭扭捏捏的。

のらりくらり

no.ra.ri.ku.ra.ri

含糊搪塞

鋭(するど)い質問(しつもん)をのらりくらりとはぐらかす。

su.ru.do.i.shi.tsu.mo.n.o.no.ra.ri.ku.ra.ri.to.ha.gu.ra.ka.su。

面對尖銳的提問，含糊其辭地搪塞過去。

★ はぐらかす：（把話題）岔開。

♫ 23

個性、態度

どしどし

do.shi.do.shi

毫無顧忌

皆(みな)さん、どしどし意見(いけん)を述(の)べてください。

mi.na.sa.n、do.shi.do.shi.i.ke.n.o.no.be.te.ku.da.sa.i。

各位，請不用顧忌，儘管說出你們的意見。

ざっくばらん

za.k.ku.ba.ra.n

坦率、毫無掩飾

何(なん)か悩(なや)みがあるのなら、ざっくばらんに話(はな)してごらん。

na.n.ka.na.ya.mi.ga.a.ru.no.na.ra、za.k.ku.ba.ra.n.ni.ha.na.shi.te.go.ra.n。

如果有什麼煩惱的話，坦率地說出來聽聽。

きっぱり

ki.p.pa.ri

直接了當、斬釘截鐵

＊態度、決心堅決

しつこい勧誘(かんゆう)はきっぱりと断(ことわ)ることが肝心(かんじん)です。

shi.tsu.ko.i.ka.n.yu.u.wa.ki.p.pa.ri.to.ko.to.wa.ru.ko.to.ga.ka.n.ji.n.de.su。

面對纏人的推銷時，直接了當地拒絕是最重要的。

類 ずばり
zu.ba.ri

ずばっ
zu.ba
乾淨俐落

問題(もんだい)をずばっと一刀両断(いっとうりょうだん)に解決(かいけつ)した。

mo.n.da.i.o.zu.ba.t.to.i.t.to.o.ryo.o.da.n.ni.ka.i.ke.tsu.shi.ta。

將問題乾淨俐落地解決掉。

すっぱり
su.p.pa.ri
徹底切斷、一刀兩斷

元彼(もとかれ)との縁(えん)をすっぱりと絶(た)ち切(き)る。

mo.to.ka.re.to.no.e.n.o.su.p.pa.ri.to.ta.chi.ki.ru。

徹底切斷與前男友之間的緣分。

すぱっ
su.pa
毅然決然

たばこをすぱっと止(や)めるのは難(むずか)しい。

ta.ba.ko.o.su.pa.t.to.ya.me.ru.no.wa.mu.zu.ka.shi.i。

要毅然決然地戒掉菸是很困難的。

23

個性、態度

とげとげ
to.ge.to.ge

尖銳、話中帶刺

＊態度或發言

とげとげした言葉遣い。

to.ge.to.ge.shi.ta.ko.to.ba.zu.ka.i。

用字遣詞很尖銳。

ずけずけ
zu.ke.zu.ke

毫不客氣、不留情面

そんなひどいことをずけずけと言えるね。

so.n.na.hi.do.i.ko.to.o.zu.ke.zu.ke.to.i.e.ru.ne。

那麼傷人的話，居然可以絲毫不留情面地說出口啊！

びしっ
bi.shi

狠狠地

＊說

子どもたちをびしっと叱りつけて、悪ふざけをやめさせた。

ko.do.mo.ta.chi.o.bi.shi.t.to.shi.ka.ri.tsu.ke.te、wa.ru.fu.za.ke.o.ya.me.sa.se.ta。

狠狠地斥責孩子們，叫他們別玩得太過火。

★ 悪ふざけ：胡鬧、惡作劇

びしばし

bi.shi.ba.shi

嚴厲地

鬼(おに)コーチがみんなをびしばししごく。

o.ni.ko.o.chi.ga.mi.n.na.o.bi.shi.ba.shi.shi.go.ku。

魔鬼教練嚴厲地訓練大家。

★扱(しご)く：嚴格訓練

がつん

ga.tsu.n

強烈衝擊

＊受到或給予

今度(こんど)という今度(こんど)はがつんと一言(ひとこと)言(い)ってやる。

ko.n.do.to.i.u.ko.n.do.wa.ga.tsu.n.to.hi.to.ko.to.i.t.te.ya.ru。

這次我非得要狠狠地說他一下才行。

ばっさり

ba.s.sa.ri

果斷

交際(こうさい)を申(もう)し込(こ)まれたが、ばっさり断(ことわ)った。

ko.o.sa.i.o.mo.o.shi.ko.ma.re.ta.ga、ba.s.sa.ri.ko.to.wa.t.ta。

雖然對方提出交往的要求，但我一口氣回絕了。

うかうか
u.ka.u.ka

不留神、疏忽

うかうかしていたらすぐに追(お)い抜(ぬ)かれるよ。

u.ka.u.ka.shi.te.i.ta.ra.su.gu.ni.o.i.nu.ka.re.ru.yo。

一不留神，馬上就會被超越喔！

のこのこ
no.ko.no.ko

滿不在乎、漫不經心

授業(じゅぎょう)終了(しゅうりょう)5分前(ごふんまえ)になって、のこのこ教室(きょうしつ)に現(あらわ)れる。

ju.gyo.o.shu.u.ryo.o.go.fu.n.ma.e.ni.na.t.te、
no.ko.no.ko.kyo.o.shi.tsu.ni.a.ra.wa.re.ru。

直到下課前五分鐘他才漫不經心地出現在教室。

とんちんかん
to.n.chi.n.ka.n

答非所問

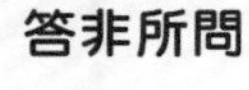

とんちんかんな答(こた)えをして、笑(わら)われた。

to.n.chi.n.ka.n.na.ko.ta.e.o.shi.te、wa.ra.wa.re.ta。

因為答非所問，被大家嘲笑。

じっくり
ji.k.ku.ri
認眞地、仔細地

大事（だいじ）なことはじっくり時間（じかん）を掛（か）けて結論（けつろん）を出（だ）そう。

da.i.ji.na.ko.to.wa.ji.k.ku.ri.ji.ka.n.o.ka.ke.te.ke.tsu.ro.n.o.da.so.o。

重要的事要認真地多花一點時間思考後，再提出結論！

こつこつ
ko.tsu.ko.tsu
腳踏實地、勤奮

何事（なにごと）もこつこつ努力（どりょく）を積（つ）み重（かさ）ねることが大切（たいせつ）です。

na.ni.go.to.mo.ko.tsu.ko.tsu.do.ryo.ku.o.tsu.mi.ka.sa.ne.ru.ko.to.ga.ta.i.se.tsu.de.su。

不論做任何事，重要的是都要腳踏實地的努力去做。

★ 努力（どりょく）に勝（まさ）る才能（さいのう）なし：無論擁有多棒的才能，如果不努力，終究不會成功。

ばりばり
ba.ri.ba.ri
幹勁十足、積極地

バイトでばりばり稼（かせ）ぐ。

ba.i.to.de.ba.ri.ba.ri.ka.se.gu。

幹勁十足地努力打工賺錢。

♫ 23

しこしこ
shi.ko.shi.ko

日復一日勤奮地

＊做某事

しこしこ書きためた小説を応募する。

shi.ko.shi.ko.ka.ki.ta.me.ta.sho.o.se.tsu.o.o.o.bo.su.ru。

將日復一日努力寫完的小說拿去參加徵文比賽。

せっせ
se.s.se

拚命地、努力不懈怠

両親は毎日せっせと働いて、
毎月子どもたちに仕送りをしている。

ryo.o.shi.n.wa.ma.i.ni.chi.se.s.se.to.ha.ta.ra.i.te、
ma.i.tsu.ki.ko.do.mo.ta.chi.ni.shi.o.ku.ri.o.shi.te.i.ru。

父母每天拚命地工作，每個月給孩子們匯生活費。

しこしこ：常形容長時間持續乏味的作業，比「こつこつ」具體且所做的事更加細微。常用來自嘲。

せっせ：指努力不懈地持續做某事。

もりもり
mo.ri.mo.ri

精力充沛

にんにく食べて元気もりもり！

ni.n.ni.ku.ta.be.te.ge.n.ki.mo.ri.mo.ri ！

吃了大蒜後，精力充沛！

ぐっ
gu

拚命地

涙(なみだ)をぐっとこらえて仕事(しごと)を続(つづ)けた。

na.mi.da.o.gu.t.to.ko.ra.e.te.shi.go.to.o.tsu.zu.ke.ta。

強忍著淚水繼續工作。

★ 堪(こら)える：忍耐、壓抑住

いじいじ
i.ji.i.ji

畏畏縮縮

男(おとこ)ならいじいじしないで、しゃきっとしなさい。

o.to.ko.na.ra.i.ji.i.ji.shi.na.i.de、sha.ki.t.to.shi.na.sa.i。

是男人的話就別畏畏縮縮的，挺起胸膛來。

うじうじ
u.ji.u.ji

優柔寡斷、猶豫不決

うじうじした男(おとこ)は、女性(じょせい)にもてない。

u.ji.u.ji.shi.ta.o.to.ko.wa、jo.se.i.ni.mo.te.na.i

優柔寡斷的男人是不會受女孩子歡迎的。

ずるずる
zu.ru.zu.ru
拖拖拉拉

悪い仲間とずるずるつき合い続けるのはやめなさい。

wa.ru.i.na.ka.ma.to.zu.ru.zu.ru.tsu.ki.a.i.tsu.zu.ke.ru.no.wa.ya.me.na.sa.i。

不要再跟那些壞朋友們糾纏不清地繼續來往。

ぬけぬけ
nu.ke.nu.ke
厚臉皮、恬不知恥

あんなひどい事をしておいて、
よくもぬけぬけと善人面ができるものだ。

a.n.na.hi.do.i.ko.to.o.shi.te.o.i.te、
yo.ku.mo.nu.ke.nu.ke.to.ze.n.ni.n.zu.ra.ga.de.ki.ru.mo.no.da。

做了那麼過份的事，居然還可以恬不知恥地裝出一臉好人的樣子。

ちゃっかり
cha.k.ka.ri
厚臉皮、貪圖私利

落し物をちゃっかり自分の物にする。

o.to.shi.mo.no.o.cha.k.ka.ri.ji.bu.n.no.mo.no.ni.su.ru。

將別人遺失的物品，貪圖私利地占為己有。

がつがつ

ga.tsu.ga.tsu

貪得無厭

彼(かれ)はお金(かね)にがつがつしている。

ka.re.wa.o.ka.ne.ni.ga.tsu.ga.tsu.shi.te.i.ru。

他是個對金錢貪得無厭的人。

ずかずか

zu.ka.zu.ka

大搖大擺

他人(たにん)の家(いえ)にずかずか上(あ)がり込(こ)むようなまねはやめてください。

ta.ni.n.no.i.e.ni.zu.ka.zu.ka.a.ga.ri.ko.mu.yo.o.na.ma.ne.wa.ya.me.te.ku.da.sa.i。

請別大搖大擺地走進別人的家裡。

★まね：舉止、動作

どん

do.n

大膽地、有氣勢

もっと自分(じぶん)に自信(じしん)を持(も)って、どんと構(かま)えていればいい。

mo.t.to.ji.bu.n.ni.ji.shi.n.o.mo.t.te、do.n.to.ka.ma.e.te.i.re.ba.i.i。

對自己有信心一點，大膽地放手去做吧！

てっきり

te.k.ki.ri

肯定、必定

* 判斷

てっきり不合格かと思っていたら、合格した。

te.k.ki.ri.fu.go.o.ka.ku.ka.to.o.mo.t.te.i.ta.ra、go.o.ka.ku.shi.ta。

原本以為自己肯定落榜了，但結果卻合格了。

ちょこん

cho.ko.n

拘謹、乖巧的

子犬が私の膝の上にちょこんと座っている。

ko.i.nu.ga.wa.ta.shi.no.hi.za.no.u.e.ni.cho.ko.n.to.su.wa.t.te.i.ru。

小狗乖巧地坐在我的膝上。

かちかち

ka.chi.ka.chi

死板、死腦筋

彼は頭がかちかちで柔軟性に乏しい。

ka.re.wa.a.ta.ma.ga.ka.chi.ka.chi.de.ju.u.na.n.se.i.ni.to.bo.shi.i。

他很死腦筋不懂得通融。

ぷっつん
pu.t.tsu.n
突然失去自制力

堪忍袋（かんにんぶくろ）の緒（お）がぷっつんと切（き）れる。

ka.n.ni.n.bu.ku.ro.no.o.ga.pu.t.tsu.n.to.ki.re.ru。

超過忍耐的極限，不滿的情緒就會爆發。

かりかり
ka.ri.ka.ri
火氣大、怒氣沖沖

つまらないことにかりかりする。

tsu.ma.ra.na.i.ko.to.ni.ka.ri.ka.ri.su.ru。

為了無聊的事怒氣沖沖的。

でれでれ
de.re.de.re
色瞇瞇

彼（かれ）は美人（びじん）を目（め）の前（まえ）にしてでれでれと鼻（はな）の下（した）を伸（の）ばしていた。

ka.re.wa.bi.ji.n.o.me.no.ma.e.ni.shi.te.de.re.de.re.to.ha.na.no.shi.ta.o.no.ba.shi.te.i.ta。

一看見美女出現在眼前，他就露出一臉色瞇瞇的樣子。

♫ 24

感受

じいん
ji.i.n

一陣劇痛

高いところからどんと降りてかかとにじいんときた。

ta.ka.i.to.ko.ro.ka.ra.do.n.to.o.ri.te.ka.ka.to.ni.ji.i.n.to.ki.ta。

從高處碰地一聲跳下來，腳後跟傳來一陣劇痛。

じんじん
ji.n.ji.n

疼得陣陣發麻

足がしびれてじんじん痛む。

a.shi.ga.shi.bi.re.te.ji.n.ji.n.i.ta.mu。

腳疼得陣陣發麻。

ずきずき
zu.ki.zu.ki

隱隱作痛、刺痛

冬になると古傷がずきずきと痛む。

fu.yu.ni.na.ru.to.fu.ru.ki.zu.ga.zu.ki.zu.ki.to.i.ta.mu。

一到冬天，舊傷就會隱隱作痛。

じいん：指從高處跳下來、手肘撞到桌角等，瞬間感到疼痛，但其疼痛並沒有持續。

じんじん：形容腳麻或腫起來，疼痛持續且一波一波襲來的感覺。

ずきずき：常形容蛀牙抽痛，被尖銳物不斷地猛刺的感覺。

がんがん

ga.n.ga.n

疼痛

＊頭被重物撞擊似地

二日酔(ふつかよ)いで頭(あたま)ががんがんする。

fu.tsu.ka.yo.i.de.a.ta.ma.ga.ga.n.ga.n.su.ru。

因為宿醉而頭痛欲裂。

ひりひり

hi.ri.hi.ri

火辣辣地疼

＊皮膚等

擦(す)り傷(きず)ができてひりひりと痛(いた)む。

su.ri.ki.zu.ga.de.ki.te.hi.ri.hi.ri.to.i.ta.mu。

擦傷的傷口火辣辣地疼。

きゅん

kyu.n

心突然揪一下

久々(ひさびさ)の同窓会(どうそうかい)で初恋(はつこい)の相手(あいて)と再会(さいかい)して、胸(むね)がきゅんとなった。

hi.sa.bi.sa.no.do.o.so.o.ka.i.de.ha.tsu.ko.i.no.a.i.te.to.sa.i.ka.i.shi.te、mu.ne.ga.kyu.n.to.na.t.ta。

在久違的同學會上見到初戀情人，心頭揪了一下。

24

感受

ちくちく

chi.ku.chi.ku

挖苦、針扎般刺痛

上司（じょうし）にちくちくいやみを言（い）われる。

jo.o.shi.ni.chi.ku.chi.ku.i.ya.mi.o.i.wa.re.ru。

被上司針扎般刺耳的言語挖苦。

ちくり

chi.ku.ri

刺痛

嘘（うそ）をついて心（こころ）がちくりと痛（いた）む。

u.so.o.tsu.i.te.ko.ko.ro.ga.chi.ku.ri.to.i.ta.mu。

因為撒了謊，我的心刺痛了一下。

ぐさぐさ

gu.sa.gu.sa

尖銳物不斷地刺

友達（ともだち）の何気（なにげ）ない言葉（ことば）が、心（こころ）にぐさぐさと突（つ）き刺（さ）さった。

to.mo.da.chi.no.na.ni.ge.na.i.ko.to.ba.ga、ko.ko.ro.ni.gu.sa.gu.sa.to.tsu.ki.sa.sa.t.ta。

朋友的無心之言，不斷地刺傷我的心。

くたくた
ku.ta.ku.ta

疲憊不堪

徹夜明け(てつやあ)でくたくただ。

te.tsu.ya.a.ke.de.ku.ta.ku.ta.da。

整晚熬夜，累得疲憊不堪。

へとへと
he.to.he.to

精疲力盡

3時間(さんじかん)も歩(ある)き通(とお)しで、もうへとへとだ。

sa.n.ji.ka.n.mo.a.ru.ki.to.o.shi.de、mo.o.he.to.he.to.da。

連續走了3個小時，已經精疲力盡了。

ぐったり
gu.t.ta.ri

累攤

暑(あつ)さと疲(つか)れでみんなぐったりしていた。

a.tsu.sa.to.tsu.ka.re.de.mi.n.na.gu.t.ta.ri.shi.te.i.ta。

又熱又疲累，大家都累攤了。

へとへと：多指身體疲累的程度已到極限。

ぐったり：除了指勞動過後的疲累，也可形容因生病等精神委靡。

24

感受

ばてばて

ba.te.ba.te

精疲力盡

練習(れんしゅう)がきつくてもうばてばて。

re.n.shu.u.ga.ki.tsu.ku.te.mo.o.ba.te.ba.te。

由於練習很辛苦已經累得精疲力盡了。

しょぼしょぼ

sho.bo.sho.bo

眼睛乾澀睜不開

* 因疲勞

パソコンのしすぎで、目(め)がしょぼしょぼする。

pa.so.ko.n.no.shi.su.gi.de、me.ga.sho.bo.sho.bo.su.ru。

因為長時間看電腦，眼睛乾澀睜不開。

ぼろぼろ

bo.ro.bo.ro

嚴重受創、身心疲憊

失業(しつぎょう)と失恋(しつれん)のダブルパンチで、身(み)も心(こころ)もぼろぼろです。

shi.tsu.gyo.o.to.shi.tsu.re.n.no.da.bu.ru.pa.n.chi.de、mi.mo.ko.ko.ro.mo.bo.ro.bo.ro.de.su。

失業再加上失戀，在雙重打擊下身心已經疲憊不堪了。

こてんぱん

ko.te.n.pa.n

一敗塗地

相手(あいて)にこてんぱんにやられた。

a.i.te.ni.ko.te.n.pa.n.ni.ya.ra.re.ta。

比賽輸得一敗塗地。

ずたずた

zu.ta.zu.ta

支離破碎、心碎

負(ま)けてプライドがずたずたに傷(きず)ついた。

ma.ke.te.pu.ra.i.do.ga.zu.ta.zu.ta.ni.ki.zu.tsu.i.ta。

吃了敗仗，自尊心傷得支離破碎。

ぐらぐら
gu.ra.gu.ra

劇烈搖晃

地震(じしん)で建物(たてもの)がぐらぐらと揺(ゆ)れる。

ji.shi.n.de.ta.te.mo.no.ga.gu.ra.gu.ra.to.yu.re.ru。

因為地震，建築物劇烈地搖晃。

くらくら
ku.ra.ku.ra

頭暈目眩

類 くらっ ku.ra

めまいでくらくらした。

me.ma.i.de.ku.ra.ku.ra.shi.ta。

頭暈目眩。

ふらふら
fu.ra.fu.ra

頭昏眼花

空腹(くうふく)と疲(つか)れでふらふらになった。

ku.u.fu.ku.to.tsu.ka.re.de.fu.ra.fu.ra.ni.na.t.ta。

空腹又加上疲累導致頭暈眼花。

ぐらぐら：形容劇烈地搖晃。

くらくら：多用來形容輕微的頭暈。

ふらふら：多指因身體不適，頭暈眼花、昏昏欲睡。

すーすー
su.u.su.u
涼涼的

メントールで鼻(はな)がすーすーして涼(すず)しい感(かん)じがする。

me.n.to.o.ru.de.ha.na.ga.su.u.su.u.shi.te.su.zu.shi.i.ka.n.ji.ga.su.ru。

因為抹了薄荷油，感覺鼻子涼涼的。

つーん
tsu.u.n
刺鼻

わさびがつーんと鼻(はな)に来(く)る。

wa.sa.bi.ga.tsu.u.n.to.ha.na.ni.ku.ru。

芥末刺鼻的味道直衝鼻子。

25

動作

びくびく
bi.ku.bi.ku

發抖

びくびく怯(おび)える。

bi.ku.bi.ku.o.bi.e.ru。

嚇得直發抖。

がくがく
ga.ku.ga.ku

顫抖

怖(こわ)さで足(あし)ががくがくと震(ふる)える。

ko.wa.sa.de.a.shi.ga.ga.ku.ga.ku.to.fu.ru.e.ru。

因為害怕，雙腿不停地顫抖。

びくびく：除了身體的顫抖以外，還可形容恐懼的心情。

がくがく：指身體的某一部位劇烈顫抖。

ぞっ
zo

打冷顫

＊因害怕…等

類 ぞくっ zo.ku

目(め)の前(まえ)で事故(じこ)を見(み)てぞっとした。

me.no.ma.e.de.ji.ko.o.mi.te.zo.t.to.shi.ta。

看見眼前發生的事故，不由得打了個冷顫。

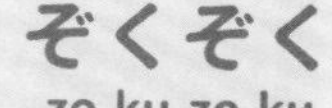

ぞくぞく
zo.ku.zo.ku

打哆嗦、打寒顫

＊因寒冷、生病

風邪(かぜ)で背中(せなか)がぞくぞくする。

ka.ze.de.se.na.ka.ga.zo.ku.zo.ku.su.ru。

因為感冒全身冷得直打哆嗦。

ひんやり
hi.n.ya.ri

冷颼颼

寒(さむ)い冗談(じょうだん)で場(ば)の雰囲気(ふんいき)をひんやりとさせてしまった。

sa.mu.i.jo.o.da.n.de.ba.no.fu.n.i.ki.o.hi.n.ya.ri.to.sa.se.te.shi.ma.t.ta。

冷笑話把全場氣氛弄得如冷鋒過境般冷颼颼的。

ぞくぞく：因為寒冷、恐懼、生病等，身體突然感到一陣寒意而顫抖。

ひんやり：形容肌膚或舌頭等，碰到冰涼的東西時的感覺。

こくり
ko.ku.ri

微微點頭

プロポーズの言葉(ことば)に、彼女(かのじょ)は黙(だま)ってこくりとうなずいた。

pu.ro.po.o.zu.no.ko.to.ba.ni、ka.no.jo.wa.da.ma.t.te.ko.ku.ri.to.u.na.zu.i.ta。

對於我的求婚，她靜靜地微微點了頭。

動作

ぺこぺこ

pe.ko.pe.ko

鞠躬哈腰

ぺこぺこと頭を下げて謝罪する。

pe.ko.pe.ko.to.a.ta.ma.o.sa.ge.te.sha.za.i.su.ru。

鞠躬哈腰地低頭道歉。

じーっ

ji.i

目不轉睛地凝視

そんなにじーっと見つめられると緊張します。

so.n.na.ni.ji.i.t.to.mi.tsu.me.ra.re.ru.to.ki.n.cho.o.shi.ma.su。

被那樣目不轉睛地盯著，不由得緊張了起來。

じろじろ

ji.ro.ji.ro

盯著、打量

* 毫不避諱地

警官にじろじろ眺め回されて、いやな思いをした。

ke.i.ka.n.ni.ji.ro.ji.ro.na.ga.me.ma.wa.sa.re.te、i.ya.na.o.mo.i.o.shi.ta。

被警察上下打量，真是令人不舒服。

まじまじ
ma.ji.ma.ji
瞬大眼注視

本物(ほんもの)のダイヤかどうか、まじまじと見(み)つめる。

ho.n.mo.no.no.da.i.ya.ka.do.o.ka、ma.ji.ma.ji.to.mi.tsu.me.ru。

瞬大眼盯著鑽石，分辨是真是假。

じろじろ：毫無顧忌地看、上下打量。

まじまじ：受到驚嚇或辨別真偽時，張大眼盯著看。

ぱっちり
pa.c.chi.ri
瞬大眼睛

目(め)がぱっちりとしたかわいらしい女性(じょせい)。

me.ga.pa.c.chi.ri.to.shi.ta.ka.wa.i.ra.shi.i.jo.se.i。

眼睛睜得大大的，十分可愛的女生。

みすみす
mi.su.mi.su
眼睜睜地看著

せっかくのチャンスをみすみす逃(のが)すのはもったいない。

se.k.ka.ku.no.cha.n.su.o.mi.su.mi.su.no.ga.su.no.wa.mo.t.ta.i.na.i。

眼睜睜地看著難得的機會溜走，太可惜了。

♫ 25

動作

きょろきょろ

kyo.ro.kyo.ro

東張西望

きょろきょろとあたりを見回(みまわ)したが、店(みせ)は見(み)つからなかった。

kyo.ro.kyo.ro.to.a.ta.ri.o.mi.ma.wa.shi.ta.ga、mi.se.wa.mi.tsu.ka.ra.na.ka.t.ta。

東張西望地看著周遭，還是找不到那間店。

ぎょろぎょろ

gyo.ro.gyo.ro

類 ぎょろり gyo.ro.ri

骨碌碌

* 眼睛

鬼(おに)が目(め)をぎょろぎょろさせて悪(わる)い子(こ)を探(さが)した。

o.ni.ga.me.o.gyo.ro.gyo.ro.sa.se.te.wa.ru.i.ko.o.sa.ga.shi.ta。

妖怪睜著骨碌碌的雙眼，找尋壞孩子。

ちらちら

chi.ra.chi.ra

時不時地看

電車(でんしゃ)で隣(となり)に座(すわ)った人(ひと)が、
横目(よこめ)でちらちら私(わたし)の読(よ)んでいる新聞(しんぶん)を見(み)る。

de.n.sha.de.to.na.ri.ni.su.wa.t.ta.hi.to.ga、
yo.ko.me.de.chi.ra.chi.ra.wa.ta.shi.no.yo.n.de.i.ru.shi.n.bu.n.o.mi.ru。

電車上坐旁邊的人時不時地偷瞄我正在看的報紙。

こそこそ
ko.so.ko.so
鬼鬼祟祟

店の中でこそこそしていたら、万引きと間違えられるよ。

mi.se.no.na.ka.de.ko.so.ko.so.shi.te.i.ta.ra、ma.n.bi.ki.to.ma.chi.ga.e.ra.re.ru.yo。

在商店裡鬼鬼祟祟的，會被誤認為是小偷哦！

ぐびぐび
gu.bi.gu.bi
咕嚕咕嚕

風呂上がりにビールをぐびぐび飲むのが一番の楽しみだ。

fu.ro.a.ga.ri.ni.bi.i.ru.o.gu.bi.gu.bi.no.mu.no.ga.i.chi.ba.n.no.ta.no.shi.mi.da。

泡完澡後，咕嚕咕嚕地喝啤酒是一大享受。

がぶがぶ
ga.bu.ga.bu
咕嚕咕嚕

外から帰って来るなり、水をがぶがぶ飲んだ。

so.to.ka.ra.ka.e.t.te.ku.ru.na.ri、mi.zu.o.ga.bu.ga.bu.no.n.da。

從戶外回來，咕嚕咕嚕地大口喝水。

ぐびぐび 和 **がぶがぶ** 是擬態語也是擬聲語。

ぐびぐび：一口接一口，很好喝的樣子。

がぶがぶ：形容一口氣喝下大量的水。

25

動作

すぱすぱ

su.pa.su.pa

一口接一口地

* 抽煙

類 すぱーっ
su.pa.a

たばこをすぱすぱ吸(す)う。

ta.ba.ko.o.su.pa.su.pa.su.u。

一口接一口地抽煙。

ちびちび

chi.bi.chi.bi

一點一點地

そんなにちびちびと飲(の)んでいたら、味(あじ)もわからないでしょう。

so.n.na.ni.chi.bi.chi.bi.to.no.n.de.i.ta.ra、a.ji.mo.wa.ka.ra.na.i.de.sho.o。

像那樣一小口一小口喝的話，是無法品嚐出味道的吧！

ちびちび：多用來形容一點一點地繳分期付款或借錢、一小口一小口地喝酒等。

うだうだ

u.da.u.da

嘟嘟囔囔

ここでうだうだ言(い)っていても仕方(しかた)ない、とにかく先(さき)へ進(すす)もう。

ko.ko.de.u.da.u.da.i.t.te.i.te.mo.shi.ka.ta.na.i、to.ni.ka.ku.sa.ki.e.su.su.mo.o。

在這裡嘟嘟囔囔地說一大堆也沒有用吧！總之先往前走吧！

がみがみ

ga.mi.ga.mi

嘮嘮叨叨

母(はは)はいつもがみがみとうるさい。

ha.ha.wa.i.tsu.mo.ga.mi.ga.mi.to.u.ru.sa.i。

母親總是嘮嘮叨叨地唸個不停，很囉嗦。

くどくど

ku.do.ku.do

喋喋不休

門限(もんげん)を破(やぶ)ったら父親(ちちおや)にくどくどと説教(せっきょう)された。

mo.n.ge.n.o.ya.bu.t.ta.ra.chi.chi.o.ya.ni.ku.do.ku.do.to.se.k.kyo.o.sa.re.ta。

超過門禁時間回家，被爸爸喋喋不休地說教。

動作

ねちねち

ne.chi.ne.chi

喋喋不休

＊令人厭煩

彼(かれ)はねちねちと嫌味(いやみ)を言(い)うので嫌(きら)われている。

ka.re.wa.ne.chi.ne.chi.to.i.ya.mi.o.i.u.no.de.ki.ra.wa.re.te.i.ru。

他因為常喋喋不休地說些挖苦別人的話，所以才被人討厭。

つべこべ

tsu.be.ko.be

發牢騷

つべこべ文句(もんく)ばかり言(い)っていないで、
さっさと仕事(しごと)に取(と)り掛(か)かりなさい。

tsu.be.ko.be.mo.n.ku.ba.ka.ri.i.t.te.i.na.i.de、
sa.s.sa.to.shi.go.to.ni.to.ri.ka.ka.ri.na.sa.i。

別在這裡發牢騷，快點去工作。

ごたごた

go.ta.go.ta

嘮嘮叨叨、發牢騷

ごたごたと言(い)い訳(わけ)ばかりしないで、素直(すなお)に謝(あやま)りましょう。

go.ta.go.ta.to.i.i.wa.ke.ba.ka.ri.shi.na.i.de、su.na.o.ni.a.ya.ma.ri.ma.sho.o。

不要嘮嘮叨叨地找藉口，老老實實地道歉吧！

ひそひそ
hi.so.hi.so
竊竊私語

おばさんたちがひそひそとうわさ話（ばなし）をしている。
o.ba.sa.n.ta.chi.ga.hi.so.hi.so.to.u.wa.sa.ba.na.shi.o.shi.te.i.ru。
歐巴桑們正在竊竊私語地講八卦。

ぶつぶつ
bu.tsu.bu.tsu
嘀嘀咕咕

ぶつぶつ文句（もんく）ばかり言（い）っていないで、たまには料理（りょうり）を手伝（てつだ）って。
bu.tsu.bu.tsu.mo.n.ku.ba.ka.ri.i.t.te.i.na.i.de、ta.ma.ni.wa.ryo.o.ri.o.te.tsu.da.t.te。
別在那裡嘀嘀咕咕地抱怨，偶爾也幫忙煮個飯。

ひそひそ：為了不讓他人聽見，小聲地說。
ぶつぶつ：小聲地喃喃自語，大多是表達抱怨及不滿的情緒。

♫25

動作

ごにょごにょ

go.nyo.go.nyo

嘟嘟囔囔

* 聲音小

彼(かれ)はいつもごにょごにょ話(はな)すので、何(なに)を言(い)ってるのかよくわからない。

ka.re.wa.i.tsu.mo.go.nyo.go.nyo.ha.na.su.no.de、
na.ni.o.i.t.te.ru.no.ka.yo.ku.wa.ka.ra.na.i。

他總是嘟嘟囔囔地說話，所以聽不太清楚他在說什麼。

ぺちゃくちゃ

pe.cha.ku.cha

嘰嘰喳喳

女同士(おんなどうし)でぺちゃくちゃおしゃべりするのは楽(たの)しい。

o.n.na.do.o.shi.de.pe.cha.ku.cha.o.sha.be.ri.su.ru.no.wa.ta.no.shi.i。

和女生朋友們嘰嘰喳喳地聊天，很開心。

べらべら

be.ra.be.ra

滔滔不絕

彼(かれ)はべらべらとよくしゃべる男(おとこ)です。

ka.re.wa.be.ra.be.ra.to.yo.ku.sha.be.ru.o.to.ko.de.su。

他是個一說起話來就滔滔不絕的人。

ぺらぺら
pe.ra.pe.ra

流利、流暢

* 外語

彼女(かのじょ)は三(さん)カ国語(こくご)をぺらぺら話(はな)す。

ka.no.jo.wa.sa.n.ka.ko.ku.go.o.pe.ra.pe.ra.ha.na.su。

她三國語言都說得很流利。

はーはー
ha.a.ha.a

氣喘吁吁

階段(かいだん)を上(あが)るだけではーはーと息切(いきぎ)れする。

ka.i.da.n.o.a.ga.ru.da.ke.de.ha.a.ha.a.to.i.ki.gi.re.su.ru。

光是爬個樓梯就氣喘吁吁，上氣不接下氣。

ぱくぱく
pa.ku.pa.ku

一張一合

* 嘴

金魚(きんぎょ)が口(くち)をぱくぱくさせてえさを求(もと)めている。

ki.n.gyo.ga.ku.chi.o.pa.ku.pa.ku.sa.se.te.e.sa.o.mo.to.me.te.i.ru。

金魚的嘴巴一張一合地討著飼料。

ぺろぺろ

pe.ro.pe.ro

舔

* 用舌頭

犬(いぬ)が顔(かお)をぺろぺろなめる。

i.nu.ga.ka.o.o.pe.ro.pe.ro.na.me.ru。

小狗用舌頭舔我的臉。

むっくり

mu.k.ku.ri

坐起

* 緩慢地

夜中(よなか)に目覚(めざ)めてむっくり起(お)き上(あ)がる。

yo.na.ka.ni.me.za.me.te.mu.k.ku.ri.o.ki.a.ga.ru。

半夜從睡夢中醒來，慢慢地坐起身子。

もぐもぐ

mo.gu.mo.gu

不停地咀嚼

* 把臉頰塞得鼓鼓的

口(くち)にもぐもぐ物(もの)を頬張(ほおば)りながら話(はな)すのはみっともない。

ku.chi.ni.mo.gu.mo.gu.mo.no.o.ho.o.ba.ri.na.ga.ra.ha.na.su.no.wa.mi.t.to.mo.na.i。

臉頰被食物塞得鼓鼓的，嘴巴還一邊咀嚼一邊說話，真是難看。

くんくん
ku.n.ku.n
用鼻子聞味道的樣子

犬(いぬ)は何(なん)でもくんくんとにおいを嗅(か)ぐ。

i.nu.wa.na.n.de.mo.ku.n.ku.n.to.ni.o.i.o.ka.gu。

小狗對任何東西都使勁地嗅著味道。

ぐるぐる
gu.ru.gu.ru
打轉
* 連續

駐車場所(ちゅうしゃばしょ)を探(さが)してぐるぐる走(はし)り回(まわ)った。

chu.u.sha.ba.sho.o.sa.ga.shi.te.gu.ru.gu.ru.ha.shi.ri.ma.wa.t.ta。

為了找車位，繞了一圈又一圈。

うろうろ
u.ro.u.ro
繞來繞去、走來走去
* 在固定範圍內

出口(でぐち)がわからなくて広(ひろ)い店内(てんない)をうろうろした。

de.gu.chi.ga.wa.ka.ra.na.ku.te.hi.ro.i.te.n.na.i.o.u.ro.u.ro.shi.ta。

不知道出口在哪裡，在占地廣大的店裡繞來繞去。

うろちょろ

u.ro.cho.ro

打轉、晃來晃去

＊礙眼

ドラマを観てる最中に、テレビの前をうろちょろしないで！

do.ra.ma.o.mi.te.ru.sa.i.chu.u.ni、te.re.bi.no.ma.e.o.u.ro.cho.ro.shi.na.i.de!

我正在看連續劇的時候，別在電視機前面晃來晃去！

ぶらぶら

bu.ra.bu.ra

閒晃

＊漫無目的

暇なので近所をぶらぶらと散歩する。

hi.ma.na.no.de.ki.n.jo.o.bu.ra.bu.ra.to.sa.n.po.su.ru。

因為很閒，所以在附近散步閒晃。

ちょろちょろ

cho.ro.cho.ro

敏捷地來回走動

＊體積小的生物

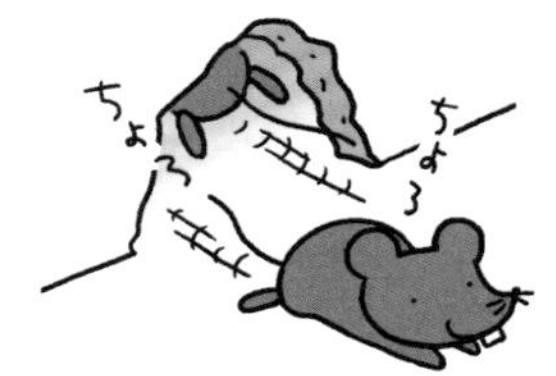

ねずみが穴からちょろちょろ出たり入ったりしている。

ne.zu.mi.ga.a.na.ka.ra.cho.ro.cho.ro.de.ta.ri.ha.i.t.ta.ri.shi.te.i.ru。

老鼠動作敏捷地從洞穴裡進進出出。

うろうろ：在固定範圍內走來走去。
うろちょろ：靜不下來似地，到處走來走去，顯得礙眼。
ぶらぶら：形容無目的地閒晃、散步。
ちょろちょろ：小朋友等，動作迅速地跑來跑去。

類 するり
su.ru.ri

するっ
su.ru
動作敏捷、輕鬆迅速地

このプリペイドカードを使(つか)えば、改札(かいさつ)をするっと通(とお)れる。
ko.no.pu.ri.pe.i.do.ka.a.do.o.tsu.ka.e.ba、ka.i.sa.tsu.o.su.ru.t.to.to.o.re.ru。
用這張儲值卡，就可以輕鬆迅速地通過剪票口。

てきぱき
te.ki.pa.ki
敏捷、俐落
* 動作

何事(なにごと)もてきぱきと効率(こうりつ)よく進(すす)めるべきです。
na.ni.go.to.mo.te.ki.pa.ki.to.ko.o.ri.tsu.yo.ku.su.su.me.ru.be.ki.de.su。
做任何事都應該要俐落且有效率地進行。

てくてく
te.ku.te.ku

一步一步

乗(の)り物(もの)に乗(の)らずてくてくと歩(ある)く。

no.ri.mo.no.ni.no.ra.zu.te.ku.te.ku.to.a.ru.ku。

不搭交通工具，一步一步地往前走。

とぼとぼ
to.bo.to.bo

有氣無力

* 走路

一人(ひとり)とぼとぼ歩(ある)いて帰(かえ)った。

hi.to.ri.to.bo.to.bo.a.ru.i.te.ka.e.t.ta。

有氣無力地獨自走路回家。

のっしのっし
no.s.shi.no.s.shi

笨重緩慢

* 走路

ぞうがのっしのっしと歩(ある)いている。

zo.o.ga.no.s.shi.no.s.shi.to.a.ru.i.te.i.ru。

大象笨重且緩慢地走著。

じわじわ
ji.wa.ji.wa
慢慢地
* 逐步進行

穏(おだ)やかな口調(くちょう)でじわじわと相手(あいて)を説得(せっとく)していった。

o.da.ya.ka.na.ku.cho.o.de.ji.wa.ji.wa.to.a.i.te.o.se.t.to.ku.shi.te.i.t.ta。

用溫和的口吻，慢慢地說服對方。

ゆっくり
yu.k.ku.ri
慢慢地

ゆっくり慣(な)れればいいですよ。

yu.k.ku.ri.na.re.re.ba.i.i.de.su.yo。

慢慢地適應就好了。

とろとろ
to.ro.to.ro
慢吞吞

急(いそ)いで！とろとろしていたら電車(でんしゃ)に間(ま)に合(あ)わないよ！

i.so.i.de ! to.ro.to.ro.shi.te.i.ta.ra.de.n.sha.ni.ma.ni.a.wa.na.i.yo ！

快一點！再這樣慢吞吞的話就趕不上電車了哦！

♫ 25

動作

のろのろ

no.ro.no.ro

慢吞吞

* 動作、做事效率

前の車がのろのろ運転するので、いらいらする。

ma.e.no.ku.ru.ma.ga.no.ro.no.ro.u.n.te.n.su.ru.no.de 、i.ra.i.ra.su.ru。

因為前面的車慢吞吞地行駛，感到很焦躁。

★ のろのろ運転是慣用說法。

もたもた

mo.ta.mo.ta

拖拖拉拉、磨蹭

もたもたしていたら遅刻するよ！

mo.ta.mo.ta.shi.te.i.ta.ra.chi.ko.ku.su.ru.yo ！

再這樣拖拖拉拉的話會遲到哦！

のろのろ：形容動作或事情的進展緩慢。

もたもた：形容動作不敏捷，因多餘的動作等造成進度緩慢。

ぴょんぴょん

pyo.n.pyo.n

蹦蹦跳跳

うさぎが庭をぴょんぴょんと飛び跳ねる。

u.sa.gi.ga.ni.wa.o.pyo.n.pyo.n.to.to.bi.ha.ne.ru。

兔子在庭院裡蹦蹦跳跳地跳來跳去。

ちょこちょこ
cho.ko.cho.ko

小跑步、不停地動來動去

＊動作小

子(こ)どもがちょこちょこ走(はし)り回(まわ)って危(あぶ)ない。

ko.do.mo.ga.cho.ko.cho.ko.ha.shi.ri.ma.wa.t.te.a.bu.na.i。

小朋友不停地跑來跑去，很危險。

ごそごそ
go.so.go.so

窸窸窣窣

式(しき)の最中(さいちゅう)はごそごそ動(うご)かないようにしてください。

shi.ki.no.sa.i.chu.u.wa.go.so.go.so.u.go.ka.na.i.yo.o.ni.shi.te.ku.da.sa.i。

在儀式中別窸窸窣窣地動來動去。

よたよた
yo.ta.yo.ta

左右搖晃、腳步蹣跚

＊走路

重(おも)い物(もの)を抱(かか)えてよたよた歩(ある)く。

o.mo.i.mo.no.o.ka.ka.e.te.yo.ta.yo.ta.a.ru.ku。

拿著重物，走路左搖右晃。

25

動作

よちよち

yo.chi.yo.chi

搖搖晃晃、跌跌撞撞

＊多指小孩走路

よちよち歩きのかわいい赤ちゃん。

yo.chi.yo.chi.a.ru.ki.no.ka.wa.i.i.a.ka.cha.n。

走路搖搖晃晃的可愛嬰兒。

ぼよよん

bo.yo.yo.n

晃動

太った…、二の腕の肉がぼよよんと揺れる。

fu.to.t.ta…、ni.no.u.de.no.ni.ku.ga.bo.yo.yo.n.to.yu.re.ru。

變胖了…手臂的贅肉晃動著。

ゆらゆら

yu.ra.yu.ra

搖搖晃晃

風で蝋燭の火がゆらゆらと揺れる。

ka.ze.de.ro.o.so.ku.no.hi.ga.yu.ra.yu.ra.to.yu.re.ru。

風將蠟燭上的火苗吹得搖搖晃晃。

すってんころりん
su.t.te.n.ko.ro.ri

摔得四腳朝天

雪道(ゆきみち)で滑(すべ)ってすってんころりと転(ころ)ぶ。

yu.ki.mi.chi.de.su.be.t.te.su.t.te.n.ko.ro.ri.to.ko.ro.bu。

在雪地上滑倒，摔得四腳朝天。

どろん
do.ro.n

逃之夭夭

ここにいたらまずい！すぐにどろんしよう！

ko.ko.ni.i.ta.ra.ma.zu.i ！ su.gu.ni.do.ro.n.shi.yo.o ！

繼續待在這裡就糟了！快逃！

ばったばった
ba.t.ta.ba.t.ta

一個接一個地倒下

挑戦者(ちょうせんしゃ)をばったばったと打(う)ち負(ま)かす。

cho.o.se.n.sha.o.ba.t.ta.ba.t.ta.to.u.chi.ma.ka.su。

將挑戰者一一擊敗。

♫ 25

動作

いちゃいちゃ

i.cha.i.cha

卿卿我我

電車の中でいちゃいちゃしているカップル。

de.n.sha.no.na.ka.de.i.cha.i.cha.shi.te.i.ru.ka.p.pu.ru。

在電車上卿卿我我的情侶。

もぞもぞ

mo.zo.mo.zo

鑽動

* 昆蟲等

母に何度も起こされて、やっとふとんからもぞもぞはい出した。

ha.ha.ni.na.n.do.mo.o.ko.sa.re.te、ya.t.to.fu.to.n.ka.ra.mo.zo.mo.zo.ha.i.da.shi.ta。

被媽媽叫了好幾次，才終於從被窩裡鑽了出來。

どっ

do

蜂擁而至

* 許多人

テレビで紹介された店に客がどっと押し寄せる。

te.re.bi.de.sho.o.ka.i.sa.re.ta.mi.se.ni.kya.ku.ga.do.t.to.o.shi.yo.se.ru。

電視節目上所報導過的商家，許多客人蜂擁而至。

うようよ
u.yo.u.yo

蠕動、聚集

* 昆蟲等

手には目に見えない細菌がうようよついている。

te.ni.wa.me.ni.mi.e.na.i.sa.i.ki.n.ga.u.yo.u.yo.tsu.i.te.i.ru。

手上有許多用肉眼看不見的細菌在蠕動著。

うじゃうじゃ
u.ja.u.ja

聚集

* 大量

これだけ人がうじゃうじゃいると、待ち合わせが難しい。

ko.re.da.ke.hi.to.ga.u.ja.u.ja.i.ru.to、ma.chi.a.wa.se.ga.mu.zu.ka.shi.i。

約在許多人聚集的地方碰面，很不方便。

うようよ 和 **うじゃうじゃ** 常用來形容黴菌、昆蟲等大量聚集蠕動的樣子。

うようよ：主要指其「動作」。

うじゃうじゃ：主要指其「數量」。

25

動作

しゃきっ

sha.ki

端正、精神振奮

*姿勢

類 しゃきん sha.ki.n

しゃきっと背筋(せすじ)を伸(の)ばして正座(せいざ)する。

sha.ki.t.to.se.su.ji.o.no.ba.shi.te.se.i.za.su.ru。

將背挺直跪坐。

きびきび

ki.bi.ki.bi

精神奕奕

*動作、態度

このホテルの従業員(じゅうぎょういん)はみんな

きびきびした接客態度(せっきゃくたいど)で好感(こうかん)が持(も)てる。

ko.no.ho.te.ru.no.ju.u.gyo.o.i.n.wa.mi.n.na.
ki.bi.ki.bi.shi.ta.se.k.kya.ku.ta.i.do.de.ko.o.ka.n.ga.mo.te.ru。

我對這家飯店工作人員精神奕奕的待客態度很有好感。

ぴくぴく

pi.ku.pi.ku

微微抽動

まぶたがぴくぴく痙攣(けいれん)する。

ma.bu.ta.ga.pi.ku.pi.ku.ke.i.re.n.su.ru。

眼皮直跳。

ぴくり
pi.ku.ri
突然抽動一下

気を失ってぴくりとも動かない。

ki.o.u.shi.na.t.te.pi.ku.ri.to.mo.u.go.ka.na.i。

失去意識，一動也不動。

がばっ
ga.ba
突然
* 站起…等大動作

目覚まし時計が鳴って、がばっとベッドから跳ね起きる。

me.za.ma.shi.do.ke.i.ga.na.t.te、ga.ba.t.to.be.d.do.ka.ra.ha.ne.o.ki.ru。

鬧鐘響起，突然從床上迅速地坐起。

さーっ
sa.a
迅速變化
* 動作

怖くて血の気がさーっと引く。

ko.wa.ku.te.chi.no.ke.ga.sa.a.t.to.hi.ku。

嚇得臉色倏地刷白。

ぱっ

pa

一下子突然

* 動作或狀態突然變化

向こうから先生が来たのでぱっと隠れた。

mu.ko.o.ka.ra.se.n.se.i.ga.ki.ta.no.de.pa.t.to.ka.ku.re.ta。

因為老師從對面走來，所以迅速躲了起來。

ばったり

ba.t.ta.ri

偶然遇見

街でばったり友だちと遭遇する。

ma.chi.de.ba.t.ta.ri.to.mo.da.chi.to.so.o.gu.u.su.ru。

在街上偶然遇見朋友。

ひょっこり

hyo.k.ko.ri

突然出現

* 出乎意料之外

ちょうどうわさをしていたところに本人がひょっこり現れた。

cho.o.do.u.wa.sa.o.shi.te.i.ta.to.ko.ro.ni.ho.n.ni.n.ga.hyo.k.ko.ri.a.ra.wa.re.ta。

正在說她的八卦時，本人突然出現在我們面前。

ぱったり
pa.t.ta.ri
突然停止

連絡（れんらく）がぱったりと途絶（とだ）える。

re.n.ra.ku.ga.pa.t.ta.ri.to.to.da.e.ru。

突然音訊全無。

きゅっ
kyu
用力繫緊

唇（くちびる）をきゅっと噛（か）み締（し）めて、悲（かな）しみをこらえた。

ku.chi.bi.ru.o.kyu.t.to.ka.mi.shi.me.te、ka.na.shi.mi.o.ko.ra.e.ta。

用力咬緊下唇，強忍住悲傷。

ぎゅっ
gyu
緊緊地
* 抓住、繫緊

ゴミ袋（ぶくろ）の口（くち）をぎゅっと縛（しば）る。

go.mi.bu.ku.ro.no.ku.chi.o.gyu.t.to.shi.ba.ru。

將垃圾袋緊緊地束好。

25

動作

ぐいぐい

gu.i.gu.i

使勁

* 做某事

類 ぐい gu.i

リーダーはぐいぐいとみんなを引(ひ)っ張(ぱ)っていかねばならない。

ri.i.da.a.wa.gu.i.gu.i.to.mi.n.na.o.hi.p.pa.t.te.i.ka.ne.ba.na.ra.na.i。

身為隊長必須努力地引導大家才行。

ちゃんと

cha.n.to

確實地

食後(しょくご)はちゃんと歯磨(はみが)きをしましょう。

sho.ku.go.wa.cha.n.to.ha.mi.ga.ki.o.shi.ma.sho.o。

飯後請確實地刷牙。

きっちり

ki.c.chi.ri

好好地、整數

* 數量

借(か)りたお金(かね)はきっちり返(かえ)すべきだ。

ka.ri.ta.o.ka.ne.wa.ki.c.chi.ri.ka.e.su.be.ki.da。

向別人借來的錢必須全數奉還。

がっしり
ga.s.shi.ri

緊緊地、牢牢地

感動の再会でがっしりと抱き合う。

ka.n.do.o.no.sa.i.ka.i.de.ga.s.shi.ri.to.da.ki.a.u。

在感動重逢的場合中，緊緊相擁。

しっかり
shi.k.ka.ri

堅強、好好地；緊緊地

人混みの中では大人は子どもの手をしっかり握りましょう。

hi.to.go.mi.no.na.ka.de.wa.o.to.na.wa.ko.do.mo.no.te.o.shi.k.ka.ri.ni.gi.ri.ma.sho.o。

在人群中，請大人緊緊地牽好小朋友的手。

もう大人なんだから、しっかりしなさい！

mo.o.o.to.na.na.n.da.ka.ra、shi.k.ka.ri.shi.na.sa.i!

你也已經是個大人了，振作一點！

がっしり：結實緊密有重量感。

しっかり：形容緊密地結合。

♫ 25

動作

みっちり

mi.c.chi.ri

密集、緊湊地

＊不間斷

次(つぎ)の試合(しあい)までみっちりとトレーニングを積(つ)む。

tsu.gi.no.shi.a.i.ma.de.mi.c.chi.ri.to.to.re.e.ni.n.gu.o.tsu.mu。

在下次比賽前，要更密集地訓練。

ごしごし

go.shi.go.shi

用力

＊擦、搓洗

床(ゆか)をごしごし磨(みが)いたからぴかぴかになった。

yu.ka.o.go.shi.go.shi.mi.ga.i.ta.ka.ra.pi.ka.pi.ka.ni.na.t.ta。

用力地將地板擦得亮晶晶的。

ばっさり

ba.s.sa.ri

一刀剪斷、切斷

＊不費力地

長(なが)かった髪(かみ)をばっさり切(き)った。

na.ga.ka.t.ta.ka.mi.o.ba.s.sa.ri.ki.t.ta。

將長髮一刀剪掉。

すいすい
su.i.su.i

順利地、毫無阻礙地

＊進行

対向車線（たいこうしゃせん）は事故（じこ）で渋滞（じゅうたい）だけど、こっちはすいすいだ。

ta.i.ko.o.sha.se.n.wa.ji.ko.de.ju.u.ta.i.da.ke.do、ko.c.chi.wa.su.i.su.i.da。

對向車道因為發生車禍塞車，這邊卻是暢通無阻。

すんなり
su.n.na.ri

輕易地、順利地

彼（かれ）の浮気（うわき）をすんなりと許（ゆる）す訳（わけ）にはいかない。

ka.re.no.u.wa.ki.o.su.n.na.ri.to.yu.ru.su.wa.ke.ni.wa.i.ka.na.i。

我才不會那麼輕易地就原諒他外遇的事。

とんとん
to.n.to.n

一帆風順、順利地

縁談（えんだん）はとんとん拍子（びょうし）にまとまった。

e.n.da.n.wa.to.n.to.n.byo.o.shi.ni.ma.to.ma.t.ta。

婚事順利地談妥了。

25

動作

すくすく

su.ku.su.ku

茁壯成長

* 順利地

子供(こども)は元気(げんき)にすくすく育(そだ)ってくれるだけでいい。

ko.do.mo.wa.ge.n.ki.ni.su.ku.su.ku.so.da.t.te.ku.re.ru.da.ke.de.i.i。

小孩子只要健康地茁壯成長就好了。

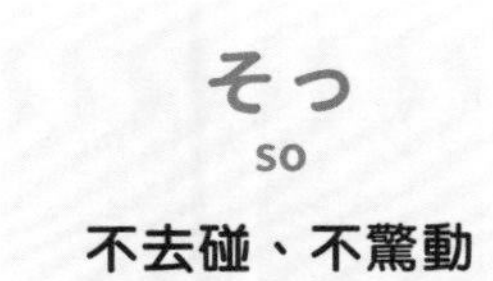

そっ

so

不去碰、不驚動

失恋(しつれん)したばかりの時(とき)は、しばらくそっとしておいてほしい。

shi.tsu.re.n.shi.ta.ba.ka.ri.no.to.ki.wa、shi.ba.ra.ku.so.t.to.shi.te.o.i.te.ho.shi.i。

剛失戀的時候，希望短時間內任何人都不要理我。

すやすや

su.ya.su.ya

睡得安穩、香甜

類 すーすー su.u.su.u

子(こ)どもがすやすやと眠(ねむ)っている。

ko.do.mo.ga.su.ya.su.ya.to.ne.mu.t.te.i.ru。

孩子睡得又香又甜。

きちん
ki.chi.n
整整齊齊

彼女はいつも部屋をきちんと整理整頓している。

ka.no.jo.wa.i.tsu.mo.he.ya.o.ki.chi.n.to.se.i.ri.se.i.to.n.shi.te.i.ru。

她總是將房間整理得整整齊齊。

類 ちんまり chi.n.ma.ri

ちまちま
chi.ma.chi.ma
小巧整齊

日本にはちまちました家がひしめいている。

ni.ho.n.ni.wa.chi.ma.chi.ma.shi.ta.i.e.ga.hi.shi.me.i.te.i.ru。

在日本，一幢幢小小的房屋鱗次櫛比地排列著。

ぺたぺた
pe.ta.pe.ta
貼滿、黏滿

冷蔵庫にマグネットをぺたぺたくっつける。

re.i.zo.o.ko.ni.ma.gu.ne.t.to.o.pe.ta.pe.ta.ku.t.tsu.ke.ru。

冰箱上貼滿磁鐵。

たぷたぷ
ta.pu.ta.pu

滿滿地

* 液體

水(みず)を飲(の)みすぎてお腹(なか)がたぷたぷだ。

mi.zu.o.no.mi.su.gi.te.o.na.ka.ga.ta.pu.ta.pu.da。

喝了太多水，肚子鼓鼓的。

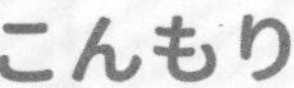

こんもり
ko.n.mo.ri

盛得滿滿的

* 食物

茶碗(ちゃわん)にごはんをこんもりと盛(も)りつける。

cha.wa.n.ni.go.ha.n.o.ko.n.mo.ri.to.mo.ri.tsu.ke.ru。

將碗裡盛滿米飯。

だぼだぼ
da.bo.da.bo

過於寬鬆

* 衣服

ヒップホップ系(けい)のだぼだぼしたＴシャツ。

hi.p.pu.ho.p.pu.ke.i.no.da.bo.da.bo.shi.ta.ti.i.sha.tsu。

Hip Hop 風格的寬鬆Ｔ恤。

だぼだぼ：多指所穿的衣服或褲子寬鬆。

ぶかぶか
bu.ka.bu.ka

過於寬鬆

＊裙子、鞋子

太っていた頃のスカートが今ではぶかぶかだ。

fu.to.t.te.i.ta.ko.ro.no.su.ka.a.to.ga.i.ma.de.wa.bu.ka.bu.ka.da。

肥胖時期的裙子，現在穿起來過於寬大。

ぶかぶか：多指裙子、鞋、帽子、手套。

類 ぴったり pi.t.ta.ri

ぴたっ
pi.ta

合身、緊緊地貼著

＊沒有空隙

モデルはぴたっとした服がよく似合う。

mo.de.ru.wa.pi.ta.t.to.shi.ta.fu.ku.ga.yo.ku.ni.a.u。

模特兒很適合穿著剪裁合身的衣服。

ぴったり
pi.t.ta.ri

適合

この服は色もサイズも私にぴったり。

ko.no.fu.ku.wa.i.ro.mo.sa.i.zu.mo.wa.ta.shi.ni.pi.t.ta.ri。

這件衣服無論是顏色或尺寸，都很適合我。

ちぐはぐ
chi.gu.ha.gu
不協調

彼女は服と帽子がちぐはぐだ。
ka.no.jo.wa.fu.ku.to.bo.o.shi.ga.chi.gu.ha.gu.da。
她的衣服和帽子不搭配。

ばっちり
ba.c.chi.ri
出色地、完美地

スーツでばっちり決める。
su.u.tsu.de.ba.c.chi.ri.ki.me.ru。
穿上一套出色的西裝。

よれよれ
yo.re.yo.re
皺巴巴

よれよれのＴシャツを着た貧相な格好の人。
yo.re.yo.re.no.ti.i.sha.tsu.o.ki.ta.hi.n.so.o.na.ka.k.ko.o.no.hi.to。
穿著皺巴巴Ｔ恤，看起來很窮酸的人。

ぱかっ
pa.ka

突然張大

* 嘴巴、物品的開口

箱がぱかっと開いて、中から魔法使いが出てきた。

ha.ko.ga.pa.ka.t.to.hi.ra.i.te、na.ka.ka.ra.ma.ho.o.tsu.ka.i.ga.de.te.ki.ta。

箱子突然打開，從裡面出現一位魔法師。

ぱーっ
pa.a

熱鬧鋪張

今日はみんなでぱーっと誕生祝いに繰り出しましょう！

kyo.o.wa.mi.n.na.de.pa.a.t.to.ta.n.jo.o.i.wa.i.ni.ku.ri.da.shi.ma.sho.o ！

今天大家一起出去慶生狂歡一下吧！

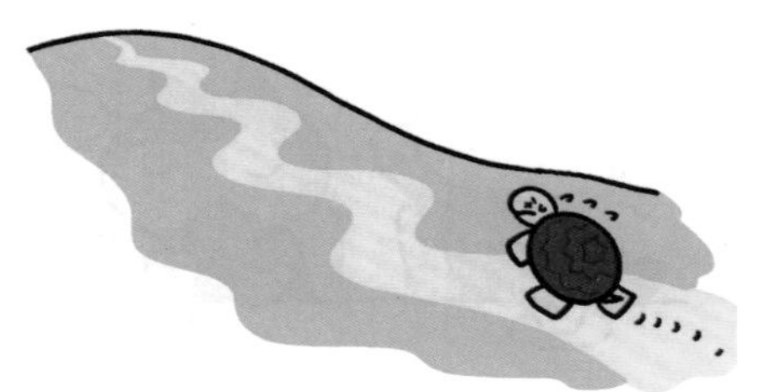

だらだら
da.ra.da.ra

緩坡、沒完沒了

だらだら続く長い坂道を登った。

da.ra.da.ra.tsu.zu.ku.na.ga.i.sa.ka.mi.chi.o.no.bo.t.ta 。

爬著漫長的緩坡路。

♫ 26

特徵、狀態

ほのぼの
ho.no.bo.no
朦朧

類 ほんわか ho.n.wa.ka

ほのぼのとしたタッチの絵（え）。

ho.no.bo.no.to.shi.ta.ta.c.chi.no.e。

帶有朦朧美感畫風的一幅畫。

ほやほや
ho.ya.ho.ya
新的、剛開始不久

類 ほかほか ho.ka.ho.ka

付（つ）き合（あ）い始（はじ）めたばかりのほやほやカップル。

tsu.ki.a.i.ha.ji.me.ta.ba.ka.ri.no.ho.ya.ho.ya.ka.p.pu.ru。

才剛開始交往不久的情侶。

しっくり
shi.k.ku.ri
協調、融洽

最近彼（さいきんかれ）との仲（なか）がしっくりいかない。

sa.i.ki.n.ka.re.to.no.na.ka.ga.shi.k.ku.ri.i.ka.na.i。

最近和男朋友相處得不太融洽。

きらきら
ki.ra.ki.ra
閃閃發亮

星(ほし)がきらきらと輝(かがや)いている。
ho.shi.ga.ki.ra.ki.ra.to.ka.ga.ya.i.te.i.ru。
星星閃閃發亮地閃爍著。

類 きんぴか ki.n.pi.ka

きんきらきん
ki.n.ki.ra.ki.n
亮晶晶、華麗

悪趣味(あくしゅみ)なきんきらきんのドレスで舞台(ぶたい)に登場(とうじょう)した歌手(かしゅ)。
a.ku.shu.mi.na.ki.n.ki.ra.ki.n.no.do.re.su.de.bu.ta.i.ni.to.o.jo.o.shi.ta.ka.shu。
歌手穿著品味低劣的華麗禮服登場。

きんきらきん：多形容品味低俗、廉價的樣子。

ちかちか
chi.ka.chi.ka
閃爍
*燈光等

店(みせ)のネオンがちかちかと点滅(てんめつ)している。
mi.se.no.ne.o.n.ga.chi.ka.chi.ka.to.te.n.me.tsu.shi.te.i.ru。
店外的霓紅燈閃爍著。

ぴかぴか
pi.ka.pi.ka

亮晶晶

* 有光澤

窓ガラスをぴかぴかに磨く。

ma.do.ga.ra.su.o.pi.ka.pi.ka.ni.mi.ga.ku。

將窗戶玻璃擦得亮晶晶。

さらさら
sa.ra.sa.ra

乾燥蓬鬆

僕は彼女のさらさらの髪が好きだ。

bo.ku.wa.ka.no.jo.no.sa.ra.sa.ra.no.ka.mi.ga.su.ki.da。

我喜歡她那柔順飄逸的秀髮。

つやつや
tsu.ya.tsu.ya

有光澤

この美容液を使うと、肌がつやつやになります。

ko.no.bi.yo.o.e.ki.o.tsu.ka.u.to、ha.da.ga.tsu.ya.tsu.ya.ni.na.ri.ma.su。

只要使用這個美容精華液，肌膚就會散發光澤哦！

ぱさぱさ
pa.sa.pa.sa

毛躁、乾巴巴

* 沒有水份、油質

ドライヤーの使(つか)い過(す)ぎで髪(かみ)の毛(け)がぱさぱさになった。

do.ra.i.ya.a.no.tsu.ka.i.su.gi.de.ka.mi.no.ke.ga.pa.sa.pa.sa.ni.na.t.ta。

因為過度地使用吹風機，使頭髮變得毛躁。

からから
ka.ra.ka.ra

乾燥、乾巴巴

* 沒有水份

喉(のど)が渇(かわ)いてからからだ！

no.do.ga.ka.wa.i.te.ka.ra.ka.ra.da ！

口渴得喉嚨乾巴巴的！

かさかさ
ka.sa.ka.sa

粗糙

* 皮膚

ひどい肌荒(はだあ)れで手(て)がかさかさだ。

hi.do.i.ha.da.a.re.de.te.ga.ka.sa.ka.sa.da。

因為皮膚乾燥，手變得粗糙。

がさがさ：粗糙程度更嚴重。

ざらざら

za.ra.za.ra

粗糙、不光滑

＊物品表面

床（ゆか）は砂（すな）でざらざらしている。

yu.ka.wa.su.na.de.za.ra.za.ra.shi.te.i.ru。

地板因為有沙子，不太光滑。

ぬるぬる

nu.ru.nu.ru

滑溜溜

水垢（みずあか）でポットの底（そこ）がぬるぬるする。

mi.zu.a.ka.de.po.t.to.no.so.ko.ga.nu.ru.nu.ru.su.ru。

因為水垢，熱水瓶的底部摸起來滑溜溜的。

すべすべ

su.be.su.be

光滑

パックの後（あと）は肌（はだ）がすべすべ。

pa.k.ku.no.a.to.wa.ha.da.ga.su.be.su.be。

敷完臉後的肌膚光滑細緻。

つるつる
tsu.ru.tsu.ru
光溜溜

頭(あたま)がつるつるにはげている。

a.ta.ma.ga.tsu.ru.tsu.ru.ni.ha.ge.te.i.ru。

頭髮禿得光溜溜的。

すべすべ：多形容肌膚光滑、頭髮觸感柔順。

つるつる：表面滑溜、有光澤。也常用來形容冰塊、金屬板等。

ふかふか
fu.ka.fu.ka
軟綿綿

ふかふかの布団(ふとん)でぐっすり眠(ねむ)りたい。

fu.ka.fu.ka.no.fu.to.n.de.gu.s.su.ri.ne.mu.ri.ta.i。

我想躺在軟綿綿的棉被裡好好的睡一覺。

ふわふわ
fu.wa.fu.wa
柔軟蓬鬆

ふわふわと空(そら)を漂(ただよ)う雲(くも)。

fu.wa.fu.wa.to.so.ra.o.ta.da.yo.u.ku.mo。

輕柔地飄在空中的雲朵。

♫26

特徵、狀態

ほくほく
ho.ku.ho.ku

鬆軟

＊食物

類 ほかほか ho.ka.ho.k

冬(ふゆ)はほくほくのじゃがいも料理(りょうり)が最高(さいこう)！

fu.yu.wa.ho.ku.ho.ku.no.ja.ga.i.mo.ryo.o.ri.ga.sa.i.ko.o ！

在冬天品嚐鬆軟可口的馬鈴薯料理，最棒了！

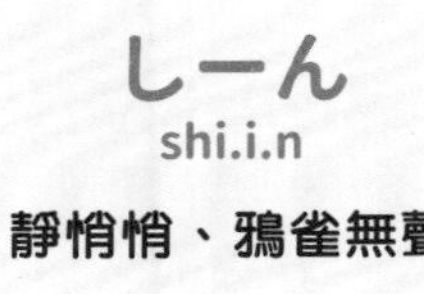

しーん
shi.i.n

靜悄悄、鴉雀無聲

しーんと静(しず)まりかえった教室(きょうしつ)。

shi.i.n.to.shi.zu.ma.ri.ka.e.t.ta.kyo.o.shi.tsu。

空無一人的教室靜悄悄的。

ひっそり
hi.s.so.ri

靜悄悄

日曜(にちよう)のオフィスビルの中(なか)はひっそりとしている。

ni.chi.yo.o.no.o.fi.su.bi.ru.no.na.ka.wa.hi.s.so.ri.to.shi.te.i.ru。

週日的辦公大樓裡，靜悄悄的。

ひっそり：除了形容安靜的樣子，還有不惹人注意「悄悄地…」的用法。

べたべた
be.ta.be.ta
黏答答

手(て)が油(あぶら)でべたべた。
te.ga.a.bu.ra.de.be.ta.be.ta。
手沾上油，黏答答的。

べたべた：可延伸為男女朋友間感情十分融洽，其程度甚至令人感到不舒服。

べとべと
be.to.be.to
黏答答

糊(のり)が手(て)についてべとべとする。
no.ri.ga.te.ni.tsu.i.te.be.to.be.to.su.ru。
手沾上漿糊，黏答答的。

べとべと 和 べたべた 的水分含量多。

べっとり
be.t.to.ri
黏答答

靴(くつ)の裏(うら)にガムがべっとりくっついた。
ku.tsu.no.u.ra.ni.ga.mu.ga.be.t.to.ri.ku.t.tsu.i.ta。
鞋底黏上口香糖，黏答答的。

べっとり：黏性的物質，所沾黏的範圍較大時。

ねっとり
ne.t.to.ri
黏黏的

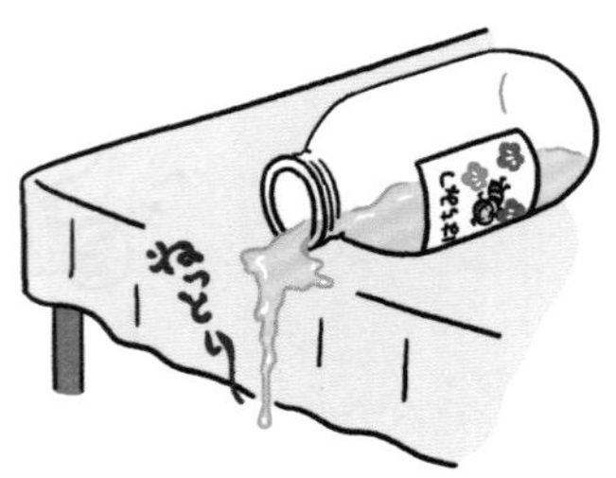

倒れた瓶から蜂蜜がねっとりとこぼれ出る。

ta.o.re.ta.bi.n.ka.ra.ha.chi.mi.tsu.ga.ne.t.to.ri.to.ko.bo.re.de.ru。

裝蜂蜜的瓶子翻倒了，黏黏地流下來。

ねばねば
ne.ba.ne.ba
黏稠

納豆のねばねばは蜘蛛の糸みたい。

na.t.to.o.no.ne.ba.ne.ba.wa.ku.mo.no.i.to.mi.ta.i。

納豆的黏稠絲狀物，很像蜘蛛絲。

ぽつん
po.tsu.n
孤零零地

放課後、独りぽつんと教室に居残って勉強。

ho.o.ka.go、hi.to.ri.po.tsu.n.to.kyo.o.shi.tsu.ni.i.no.ko.t.te.be.n.kyo.o。

放學後一個人孤零零地留在教室裡唸書。

がらがら
ga.ra.ga.ra
空蕩蕩

がらがらに空(す)いている店(みせ)はおいしくない。
ga.ra.ga.ra.ni.su.i.te.i.ru.mi.se.wa.o.i.shi.ku.na.i。
空蕩蕩的餐廳料理不好吃。

すかすか
su.ka.su.ka
空蕩蕩

観客(かんきゃく)がすかすかの球場(きゅうじょう)。
ka.n.kya.ku.ga.su.ka.su.ka.no.kyu.u.jo.o。
觀眾寥寥無幾的球場。

すっからかん
su.k.ka.ra.ka.n
一貧如洗

株(かぶ)で失敗(しっぱい)してすっからかんになった。
ka.bu.de.shi.p.pa.i.shi.te.su.k.ka.ra.ka.n.ni.na.t.ta。
投資股票失敗，變得一貧如洗。

がらがら：裡面什麼也沒有，非常地空。
すかすか：裡面沒有被填滿，有空隙的樣子。
すっからかん：多指失去所有金錢。

ぐしゃぐしゃ

gu.sha.gu.sha

凌亂不堪

類 ぐちゃぐちゃ
gu.cha.gu.cha

押し入れの中にはぐしゃぐしゃに物が詰め込まれている。

o.shi.i.re.no.na.ka.ni.wa.gu.sha.gu.sha.ni.mo.no.ga.tsu.me.ko.ma.re.te.i.ru。

壁櫥裡凌亂不堪地塞了一堆東西。

ごちゃごちゃ

go.cha.go.cha

複雜混亂

大きな駅はごちゃごちゃしていて迷いやすい。

o.o.ki.na.e.ki.wa.go.cha.go.cha.shi.te.i.te.ma.yo.i.ya.su.i。

大車站裡的路線複雜混亂，很容易迷路。

めちゃくちゃ

me.cha.ku.cha

亂七八糟

室内が泥棒にめちゃくちゃに荒らされていた。

shi.tsu.na.i.ga.do.ro.bo.o.ni.me.cha.ku.cha.ni.a.ra.sa.re.te.i.ta。

房間內被小偷翻得亂七八糟的。

こんがり
ko.n.ga.ri

烤得恰到好處

* 食物烤至金黃色

こんがりと焼(や)けたとうもろこし。

ko.n.ga.ri.to.ya.ke.ta.to.o.mo.ro.ko.shi。

烤得恰到好處的玉米。

かりかり
ka.ri.ka.ri

指食物酥脆

ベーコンをかりかりに焼(や)く。

be.e.ko.n.o.ka.ri.ka.ri.ni.ya.ku。

把培根烤得酥脆。

類 ぎとっ gi.to

ぎとぎと
gi.to.gi.to

油膩膩

夏(なつ)は油(あぶら)でぎとぎとした料理(りょうり)はきつい。

na.tsu.wa.a.bu.ra.de.gi.to.gi.to.shi.ta.ryo.o.ri.wa.ki.tsu.i。

在夏天吃油膩膩的料理很難受。

♫ 26

特徵、狀態

ぎざぎざ
gi.za.gi.za

鋸齒狀

直線(ちょくせん)ばかりではなく、ぎざぎざ模様(もよう)も入(い)れてみよう。

cho.ku.se.n.ba.ka.ri.de.wa.na.ku、gi.za.gi.za.mo.yo.o.mo.i.re.te.mi.yo.o。

不光是直線，也試試看加進鋸齒狀的紋路。

ぐにゃぐにゃ
gu.nya.gu.nya

彎彎曲曲

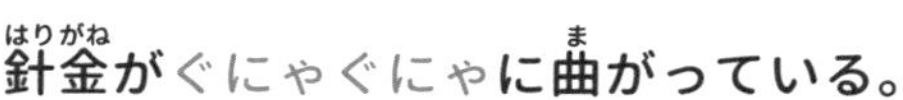

針金(はりがね)がぐにゃぐにゃに曲(ま)がっている。

ha.ri.ga.ne.ga.gu.nya.gu.nya.ni.ma.ga.t.te.i.ru。

鐵絲彎彎曲曲。

くねくね
ku.ne.ku.ne

彎彎曲曲、蜿蜒

＊道路、河川等

道(みち)がくねくねしていて運転(うんてん)しづらい。

mi.chi.ga.ku.ne.ku.ne.shi.te.i.te.u.n.te.n.shi.zu.ra.i。

道路彎彎曲曲的很不好駕駛。

ぐにゃぐにゃ：形容柔軟、蜷曲的樣子。

くねくね：多指很長的街道或河川，彎彎曲曲。

びっしり
bi.s.shi.ri

塞滿

箱の中にびっしりと品物が詰まっている。

ha.ko.no.na.ka.ni.bi.s.shi.ri.to.shi.na.mo.no.ga.tsu.ma.t.te.i.ru。

箱子裡塞著滿滿的商品。

がちがち
ga.chi.ga.chi

硬梆梆、僵硬

がちがちに凍った路面を歩く。

ga.chi.ga.chi.ni.ko.o.t.ta.ro.me.n.o.a.ru.ku。

走在凍得硬梆梆的路面上。

類 ふにゃふにゃ fu.nya.fu.nya

ふにゃっ
fu.nya

軟趴趴

花瓶に挿した花がふにゃっとしおれてしまった。

ka.bi.n.ni.sa.shi.ta.ha.na.ga.fu.nya.t.to.shi.o.re.te.shi.ma.t.ta。

花瓶裡的花朵軟趴趴地垂著。

ぐしょぐしょ

gu.sho.gu.sho

溼答答

大雨の中を歩いてきて、靴の中までぐしょぐしょです。

o.o.a.me.no.na.ka.o.a.ru.i.te.ki.te、ku.tsu.no.na.ka.ma.de.gu.sho.gu.sho.de.su。

因為在大雨裡走路，連鞋子裡都溼答答的。

びしょびしょ

bi.sho.bi.sho

溼答答

大雨に遭って全身びしょびしょに濡れた。

o.o.a.me.ni.a.t.te.ze.n.shi.n.bi.sho.bi.sho.ni.nu.re.ta。

一場大雨將全身淋得溼答答的。

びっしょり

bi.s.sho.ri

溼透

運動の後は汗でびっしょりになる。

u.n.do.o.no.a.to.wa.a.se.de.bi.s.sho.ri.ni.na.ru。

運動後汗流挾背。

ぐしょぐしょ：溼透甚至已看不出原本的形狀。如：紙袋等。

びしょびしょ：形容非常的溼。

びっしょり 溼的程度比 **びしょびしょ** 還要嚴重。

だくだく
da.ku.da.ku
直流
* 汗水、血等

蒸(む)し暑(あつ)くて汗(あせ)だくだくだ。
mu.shi.a.tsu.ku.te.a.se.da.ku.da.ku.da。
天氣悶熱，流得滿身大汗。

しっとり
shi.t.to.ri
濕潤

赤(あか)ちゃんの肌(はだ)はしっとりすべすべ。
a.ka.cha.n.no.ha.da.wa.shi.t.to.ri.su.be.su.be。
嬰兒的肌膚是很濕潤光滑的。

ぷかぷか
pu.ka.pu.ka
浮在水面上

お風呂(ふろ)におもちゃの船(ふね)をぷかぷか浮(う)かべる。
o.fu.ro.ni.o.mo.cha.no.fu.ne.o.pu.ka.pu.ka.u.ka.be.ru。
玩具船浮在浴缸的水面上。

ざっ
za
大概、粗略地

類 ざっくり
za.k.ku.ri

細かい金額は無視してざっと見積もってください。

ko.ma.ka.i.ki.n.ga.ku.wa.mu.shi.shi.te.za.t.to.mi.tsu.mo.t.te.ku.da.sa.i。

請不要算那些零散的金額，給我大概的報價就可以了。

ざっくり
za.k.ku.ri
大致、粗略地

会議の内容をざっくりとまとめる。

ka.i.gi.no.na.i.yo.o.o.za.k.ku.ri.to.ma.to.me.ru。

大致地匯總會議內容。

どんぴしゃり
do.n.pi.sha.ri
完全一致、絲毫不差

私の予想はどんぴしゃりで当たった。

wa.ta.shi.no.yo.so.o.wa.do.n.pi.sha.ri.de.a.ta.t.ta。

完全如同我所預想的。

しみじみ
shi.mi.ji.mi
深深地、細想

夫婦(ふうふ)ふたりで昔(むかし)の苦労(くろう)をしみじみと思(おも)い出す。

fu.u.fu.fu.ta.ri.de.mu.ka.shi.no.ku.ro.o.o.shi.mi.ji.mi.to.o.mo.i.da.su。

夫妻倆人細細回想起過去辛苦的時光。

ひしひし
hi.shi.hi.shi
深刻地
* 感到

彼(かれ)の真剣(しんけん)な気持(きも)ちがひしひしと伝(つた)わってきた。

ka.re.no.shi.n.ke.n.na.ki.mo.chi.ga.hi.shi.hi.shi.to.tsu.ta.wa.t.te.ki.ta。

深刻地感受到他那份認真的態度。

類 はっきり ha.k.ki.ri

くっきり
ku.k.ki.ri
清晰、清清楚楚

日焼(ひや)けの跡(あと)がくっきりと残(のこ)っている。

hi.ya.ke.no.a.to.ga.ku.k.ki.ri.to.no.ko.t.te.i.ru。

曬傷的痕跡清清楚楚地留了下來。

27

程度

でかでか

de.ka.de.ka

又大又醒目

新聞にでかでかと私の記事が載っている。

shi.n.bu.n.ni.de.ka.de.ka.to.wa.ta.shi.no.ki.ji.ga.no.t.te.i.ru。

報紙大篇幅地刊載有關我的新聞。

こてこて

ko.te.ko.te

濃厚

こてこての関西弁。

ko.te.ko.te.no.ka.n.sa.i.be.n。

濃厚的關西腔。

★ もうかりまっか？わてらの商売でっか？＝儲かりますか？私たちの商売ですか？
まあぼちぼちでんな〜。＝まあほどほどですねえ。

めちゃくちゃ
me.cha.ku.cha

非常

この漫画(まんが)、めちゃくちゃおもしろいよ！

ko.no.ma.n.ga、me.cha.ku.cha.o.mo.shi.ro.i.yo ！

這本漫畫，真的非常有趣哦！

どっぷり
do.p.pu.ri

沉溺

趣味(しゅみ)にどっぷりとはまる。

shu.mi.ni.do.p.pu.ri.to.ha.ma.ru。

沉溺於自己的愛好。

ちょいちょい
cho.i.cho.i

不時地、經常

＊動作頻繁

料理(りょうり)の合間(あいま)にちょいちょいつまみ食(ぐ)いをする。

ryo.o.ri.no.a.i.ma.ni.cho.i.cho.i.tsu.ma.mi.gu.i.o.su.ru。

在煮菜的空檔時不時地用手拿東西試味道。

27

程度

かつかつ

ka.tsu.ka.tsu

已到極限

＊某狀態

給料日前でかつかつの生活をしている。

kyu.u.ryo.o.bi.ma.e.de.ka.tsu.ka.tsu.no.se.i.ka.tsu.o.shi.te.i.ru。

發薪日前，生活總是過得很拮据。

ぎりぎり

gi.ri.gi.ri

極限、沒有餘地

締め切りぎりぎりでレポートを提出した。

shi.me.ki.ri.gi.ri.gi.ri.de.re.po.o.to.o.te.i.shu.tsu.shi.ta。

在截止之前繳交了報告。

ちょっぴり

cho.p.pi.ri

一丁點

* 數量、程度

こんなにちょっぴりのお小遣(こづか)いでは足(た)りない。

ko.n.na.ni.cho.p.pi.ri.no.o.ko.zu.ka.i.de.wa.ta.ri.na.i。

像這樣一丁點的零用錢，是不夠用的。

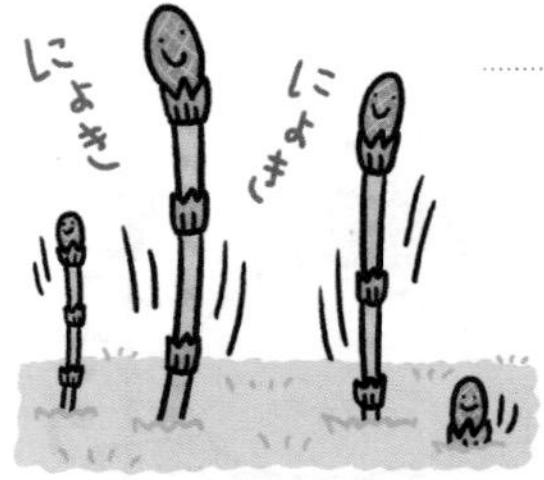

類 にょきっ nyo.ki

にょきにょき

nyo.ki.nyo.ki

接二連三地長出

* 植物

春(はる)になると至(いた)る所(ところ)でつくしがにょきにょきと頭(あたま)を出す。

ha.ru.ni.na.ru.to.i.ta.ru.to.ko.ro.de.tsu.ku.shi.ga.nyo.ki.nyo.ki.to.a.ta.ma.o.da.su。

春風所至之處，筆頭菜就接二連三地探出頭來。

類 がっぽがっぽ ga.p.po.ga.p.po

がっぽり

ga.p.po.ri

大量進出的樣子

* 金錢…等

オークションでがっぽり儲(もう)かった。

o.o.ku.sho.n.de.ga.p.po.ri.mo.o.ka.t.ta。

用網路拍賣賺了一大筆錢。

たっぷり

ta.p.pu.ri

充足、滿滿的

かばんの中にたっぷり荷物が入っている。

ka.ba.n.no.na.ka.ni.ta.p.pu.ri.ni.mo.tsu.ga.ha.i.t.te.i.ru。

包包裡裝著滿滿的行李。

どっさり

do.s.sa.ri

多、大量

* 數量

バーゲンでセール品をどっさり買った。

ba.a.ge.n.de.se.e.ru.hi.n.o.do.s.sa.ri.ka.t.ta。

在促銷大拍賣中，買了一大堆特價品。

たっぷり：形容數量很多。

どっさり：形容數量又多又重。

ずっしり
zu.s.shi.ri
沉甸甸

彼女(かのじょ)はいつもずっしりと重(おも)そうなかばんを持(も)ち歩(ある)いている。
ka.no.jo.wa.i.tsu.mo.zu.s.shi.ri.to.o.mo.so.o.na.ka.ba.n.o.mo.chi.a.ru.i.te.i.ru。
她總是揹著沉甸甸的包包走著。

どっしり
do.s.shi.ri
沉重、沉甸甸

どっしりしたお尻(しり)でぺしゃんこに潰(つぶ)されたクッション。
do.s.shi.ri.shi.ta.o.shi.ri.de.pe.sha.n.ko.ni.tsu.bu.sa.re.ta.ku.s.sho.n。
被沉甸甸的屁股壓得扁扁的坐墊。

どっしり：除了形容重量很重，還可形容人的個性穩重。

ぐんぐん
gu.n.gu.n

迅速

＊進展、變化

男の子は中学生の時に背がぐんぐんと伸びる。

o.to.ko.no.ko.wa.chu.u.ga.ku.se.i.no.to.ki.ni.se.ga.gu.n.gu.n.to.no.bi.ru。

男生在國中時期會迅速地長高。

ぼうぼう
bo.o.bo.o

快速的生長

＊草、頭髮

庭には雑草がぼうぼうに生えていた。

ni.wa.ni.wa.za.s.so.o.ga.bo.o.bo.o.ni.ha.e.te.i.ta。

庭院裡雜草叢生。

ころころ
ko.ro.ko.ro

改變

＊狀況、態度

彼の計画はころころ変わるので困る。

ka.re.no.ke.i.ka.ku.wa.ko.ro.ko.ro.ka.wa.ru.no.de.ko.ma.ru。

他的計畫變來變去，讓我很傷腦筋。

めっきり

me.k.ki.ri

明顯、顯著

＊變化

近頃(ちかごろ)めっきり寒(さむ)くなった。

chi.ka.go.ro.me.k.ki.ri.sa.mu.ku.na.t.ta。

最近明顯地變冷了。

じゃんじゃん

ja.n.ja.n

大量地、接連不斷地

今日(きょう)は俺(おれ)のおごりだ、じゃんじゃん注文(ちゅうもん)しろよ！

kyo.o.wa.o.re.no.o.go.ri.da、ja.n.ja.n.chu.u.mo.n.shi.ro.yo ！

今天我請客，不用客氣盡量點！

どんどん

do.n.do.n

進展迅速

＊事情

彼(かれ)との成績差(せいせきさ)がどんどん開(ひら)くばかりだ。

ka.re.to.no.se.i.se.ki.sa.ga.do.n.do.n.hi.ra.ku.ba.ka.ri.da。

我和他的成績差距愈來愈大了。

じゃんじゃん：不在乎周圍的人的想法，半強迫式的態度。

どんどん：指積極、迅速地往前邁進。

じわーっ
ji.wa.a
慢慢地

類 じわっ
ji.wa

後から感動がじわーっとこみ上げる。

a.to.ka.ra.ka.n.do.o.ga.ji.wa.a.t.to.ko.mi.a.ge.ru。

感動之情後來慢慢地油然而生。

★ 込み上げる ：（感情）湧現。

ぼちぼち
bo.chi.bo.chi
慢慢地

ではぼちぼち出発しましょうか。

de.wa.bo.chi.bo.chi.shu.p.pa.tsu.shi.ma.sho.o.ka。

那麼我們也差不多該出發了。

からっ
ka.ra
萬里無雲
* 天空

今日はからっと晴れて洗濯日和だ。

kyo.o.wa.ka.ra.t.to.ha.re.te.se.n.ta.ku.bi.yo.ri.da。

今天萬里無雲，是個適合洗衣服的好天氣。

ぽかぽか
po.ka.po.ka
暖洋洋

明日はぽかぽかとした絶好の行楽日和になるでしょう。

a.shi.ta.wa.po.ka.po.ka.to.shi.ta.ze.k.ko.o.no.ko.o.ra.ku.bi.yo.ri.ni.na.ru.de.sho.o。

明天是個暖洋洋的天氣，適合出外遊玩。（天氣預報）

どんより
do.n.yo.ri
灰濛濛
* 天色

どんより曇って、今にも雨が降りそうだ。

do.n.yo.ri.ku.mo.t.te、i.ma.ni.mo.a.me.ga.fu.ri.so.o.da。

天色灰濛濛的，看起來好像快要下雨。

ひらひら

hi.ra.hi.ra

隨風飄揚

ちょうちょがひらひら飛(と)んでいる。

cho.o.cho.ga.hi.ra.hi.ra.to.n.de.i.ru。

蝴蝶在空中翩翩飛舞。

スカートの裾(すそ)をひらひらさせる。

su.ka.a.to.no.su.so.o.hi.ra.hi.ra.sa.se.ru。

讓裙襬飛揚。

ひらひら：形容輕且薄的物品在空中隨風飄揚的樣子。

たらーっ

ta.ra.a

滴落

* 黏黏的液體

嘘がばれて冷や汗がたらーっと流れた。

u.so.ga.ba.re.te.hi.ya.a.se.ga.ta.ra.a.t.to.na.ga.re.ta。

謊話被拆穿，嚇得流出一滴冷汗。

どばっ

do.ba

大量流出、噴出

* 液體

傷口からどばっと血が出た。

ki.zu.gu.chi.ka.ra.do.ba.t.to.chi.ga.de.ta。

傷口血流如注。

なみなみ

na.mi.na.mi

滿滿的

* 液體快溢出來似的

グラスにビールをなみなみと注ぐ。

gu.ra.su.ni.bi.i.ru.o.na.mi.na.mi.to.so.so.gu。

在玻璃杯裡倒入滿滿的啤酒。

もわーっ
mo.wa.a
煙霧瀰漫

類 もわっ mo.wa

霧(きり)がもわーっと立(た)ち込(こ)める。
ki.ri.ga.mo.wa.a.t.to.ta.chi.ko.me.ru。
霧煙霧瀰漫地籠罩著。

もくもく
mo.ku.mo.ku
冒出、湧出
*煙等

煙突(えんとつ)から煙(けむり)がもくもく出(で)ている。
e.n.to.tsu.ka.ra.ke.mu.ri.ga.mo.ku.mo.ku.de.te.i.ru。
煙囪裡不斷地冒出煙。

めらめら
me.ra.me.ra
迅速燃燒

紙(かみ)がめらめらと燃(も)える。
ka.mi.ga.me.ra.me.ra.to.mo.e.ru。
紙張迅速地燃燒起來。

ぼうぼう

bo.o.bo.o

烈火燃燒

* 火勢很大

家(いえ)がぼうぼう燃(も)えていた。

i.e.ga.bo.o.bo.o.mo.e.te.i.ta。

房子起火熊熊地燃燒了起來。

ちりちり

chi.ri.chi.ri

捲曲

* 毛料、頭髮

うっかりしてセーターを火(ひ)でちりちりに焦(こ)がしてしまった。

u.k.ka.ri.shi.te.se.e.ta.a.o.hi.de.chi.ri.chi.ri.ni.ko.ga.shi.te.shi.ma.t.ta。

一不留神毛衣被火燒得捲曲變形。

INDEX

▶ 擬聲語
▶ 擬態語

く

け

こ

さ

し

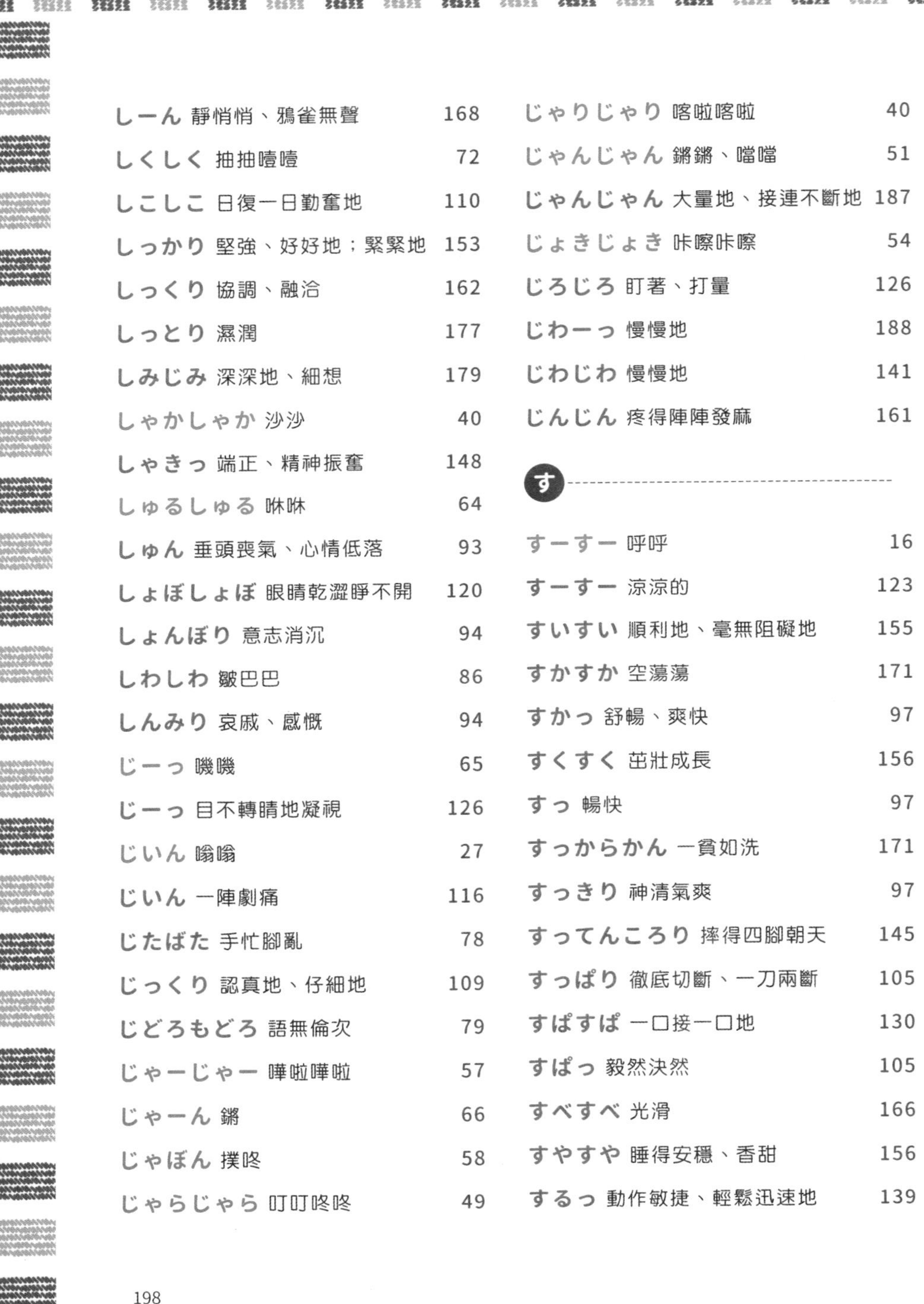

す

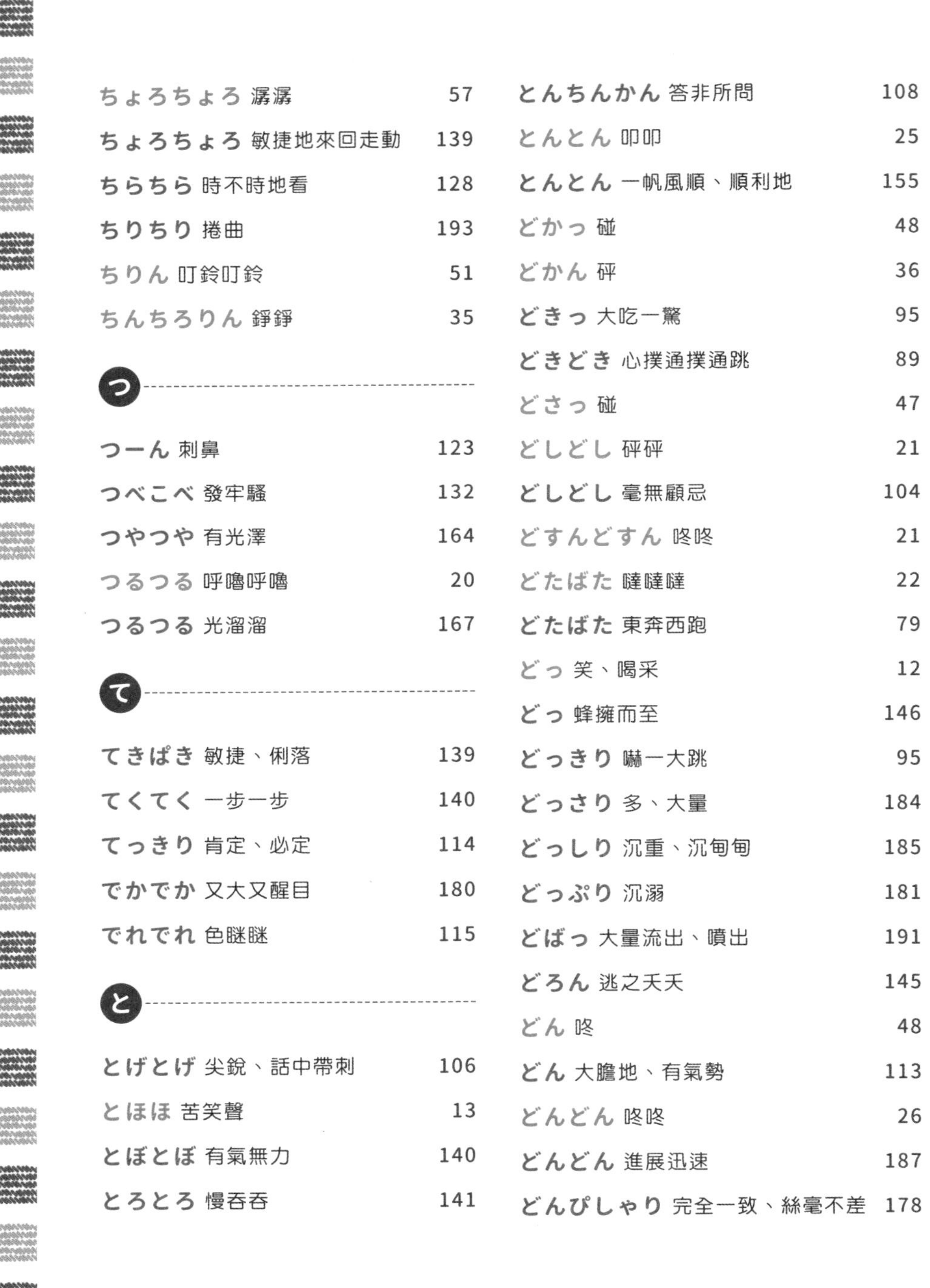

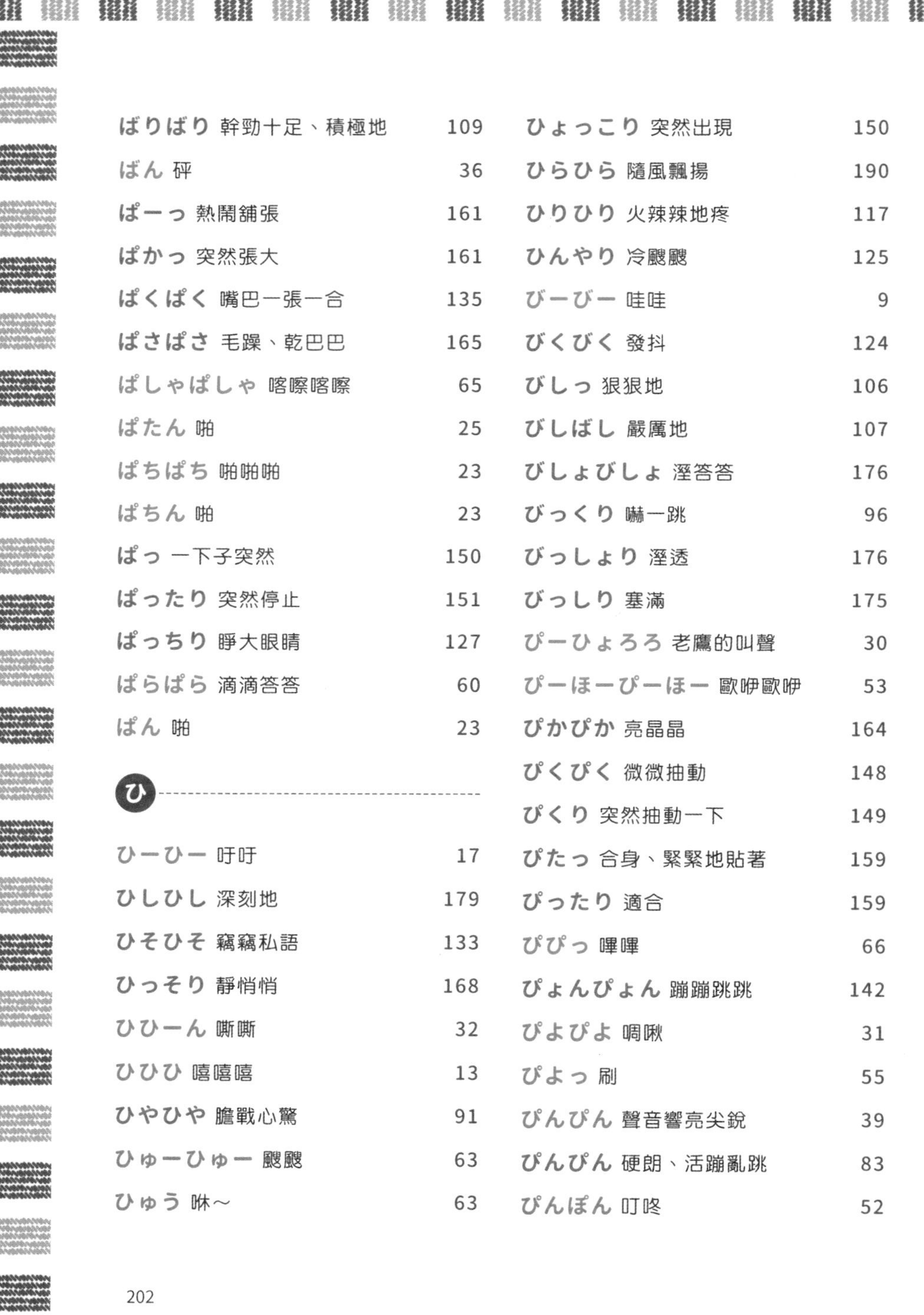

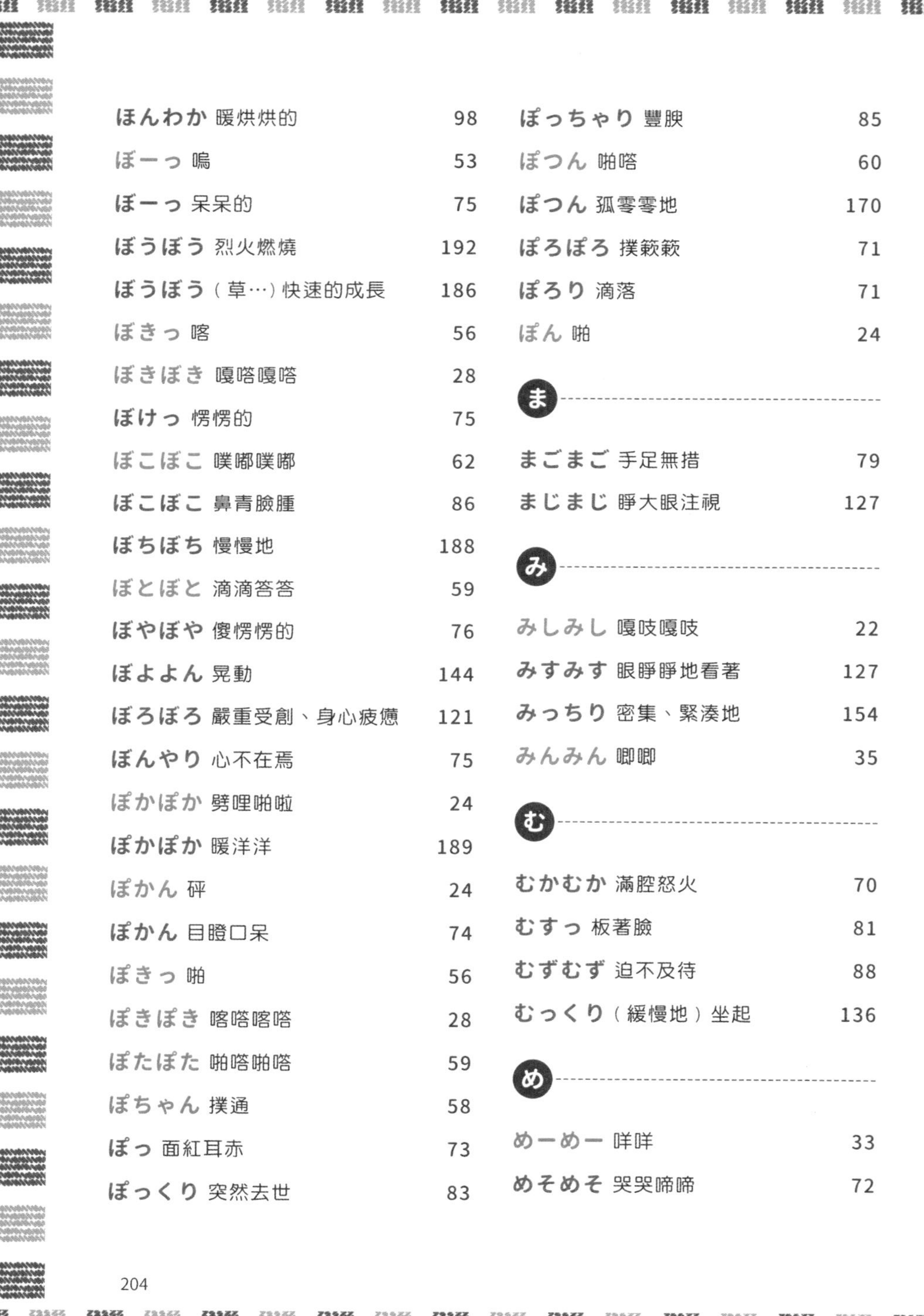

ま

み

む

め

MEMO

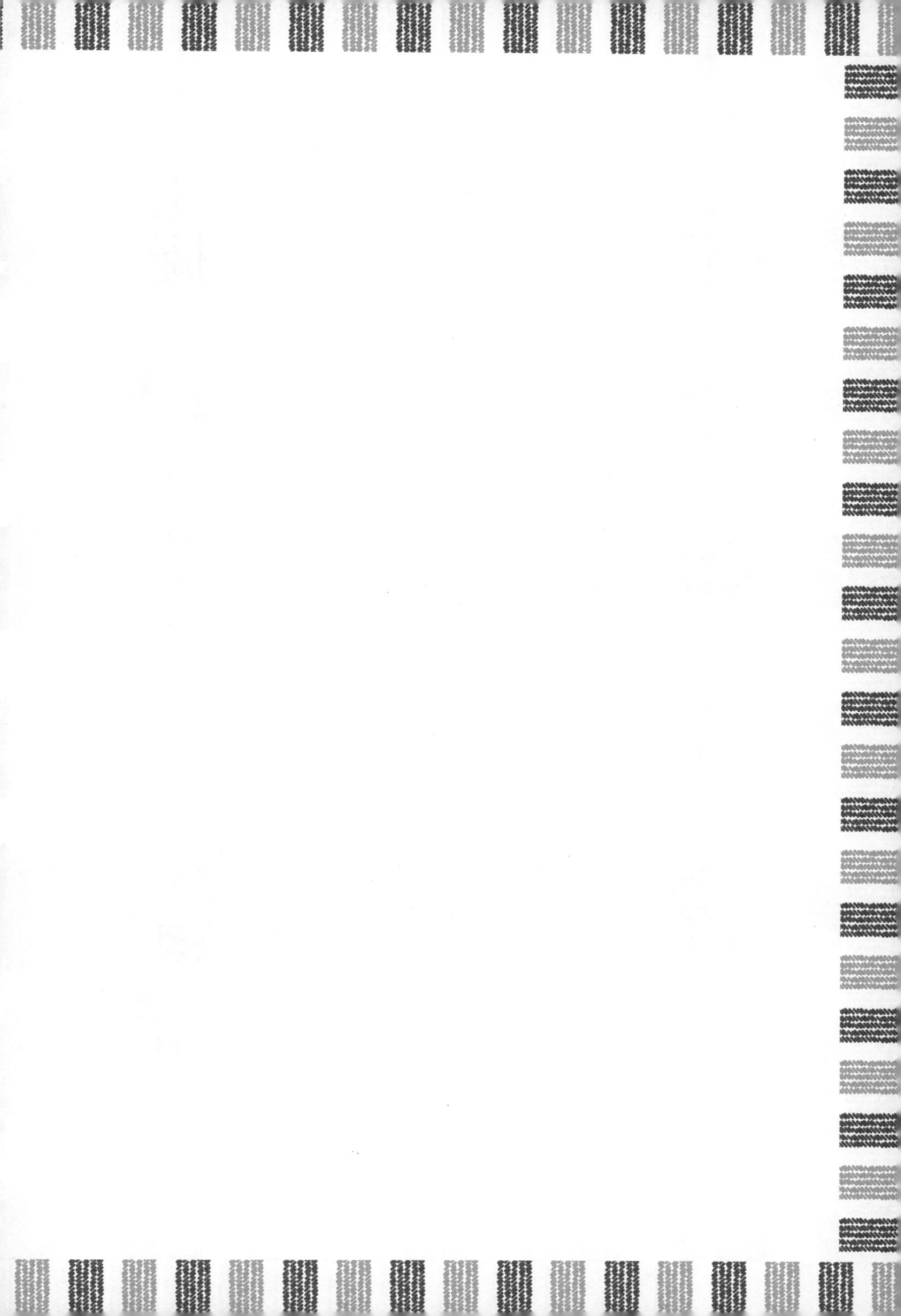

日本人的哈啦妙招!日文擬聲.擬態語輕鬆學(附MP3音檔QR Code) / 山本峰規子作. -- 二版. -- 臺北市：笛藤, 八方出版股份有限公司, 2022.04
面； 公分
ISBN 978-957-710-853-1(平裝)
1.CST: 日語 2.CST: 語法
803.16 111005320

2022年4月27日　二版1刷　定價290元

著者·插畫	山本峰規子
總編輯	洪季楨
編輯	林雅莉·葉雯婷·陳亭安
內頁設計	王舒玗
封面設計	王舒玗
編輯企劃	笛藤出版
發行所	八方出版股份有限公司
發行人	林建仲
地址	台北市中山區長安東路二段171號3樓3室
電話	(02) 2777-3682
傳真	(02) 2777-3672
總經銷	聯合發行股份有限公司
地址	新北市新店區寶橋路235巷6弄6號2樓
電話	(02) 2917-8022 · (02) 2917-8042
製版廠	造極彩色印刷製版股份有限公司
地址	新北市中和區中山路二段380巷7號1樓
電話	(02) 2240-0333 · (02) 2248-3904
郵撥帳戶	八方出版股份有限公司
郵撥帳號	19809050